― 長編官能小説 ―

なまめき女上司

＜新装版＞

八神 淳一

竹書房ラブロマン文庫

目次

第一章　美人社長を落とせ

1

立花佑人《たちばなゆうと》は目黒のフィットネスクラブの自動ドアをくぐった。

受付で、ビジターなんですけど、と言い、椎名《しいな》さんの紹介ですと告げる。

「立花様ですね。承《うけたまわ》っています」

そう言って、受付の女の子はビジター用の会員証をくれた。

佑人はそれを提示して、中に入った。午後八時過ぎのフィットネスクラブは、適度に混んでいる。

椎名課長からは、プールにいるから、というメールをもらっていた。

佑人は更衣室でレンタルした競泳用の水着に着替え、上からタオルを羽織《はお》って、プールに向かう。

二十五メートルのプールでは、十人ほどが泳いでいた。プールサイドを歩いている女性はスタイルが皆良かった。

フィットネスクラブに通う必要などないのに、と思ってしまうが、常日頃からシェイプアップを欠かさないからこそ、スタイルがいいのかも知れない。

プールサイドに椎名課長らしい姿はなかった。

どこだろう、と見回していると、ゆったりとクロールで泳いでいたひとりの女性が、プールから上がった。

紺の競泳用水着に包まれた身体は、スタイルがいいと思った他の女性たち以上に、女らしいめりはりのあるボディラインを見せつけていた。

ハイレグの股間から伸びている、白くて長い足に惚れ惚れする。

女性はヒップに手をやり、ぴたっと貼り付く水着の位置をずらす。

そんな何げない仕草が、たまらなくエロい。佑人の視線は女性のヒップに釘付けとなった。

「立花くんね」

そのヒップラインがそそる女性が、佑人に向き直って言った。

えっ、とあらためて、スタイル抜群の女性の顔を見た。

女性はこちらに向かいつつ、水泳帽を取り、まとめていた髪を背中に流した。

「し、椎名課長……」

紺の競泳水着姿が素晴らしい女性は、開発一課の課長の椎名美咲《みさき》だった。

「立花くん。意外といい身体をしているのね」

と正面に立つなり、美咲は佑人の腹をぱんっと叩いてきた。

「あ、ありがとう、ございます……」

「なにかスポーツをやっているのかしら」

「やっているってほどではないのですが、家で腕立てと腹筋は毎日やっています」

「それはいい心掛けね。胸板も厚いわ」

と美咲が佑人の胸板を白い手で撫でてくる。

「か、課長……」

椎名開発一課長は佑人の直接の上司ではない。佑人は開発二課にいた。

佑人の会社は、多岐川地所《たきがわじしょ》といって、中堅よりちょっと上のデベロッパーだ。

佑人は入社して五年になるが、これといった目立った実績がなく、はやくも出世コースからは外れつつあった。

今日は、退社する前に椎名課長から声をかけられ、午後八時に目黒のフィットネスクラブに来るようにと言われたのだ。

椎名美咲、三十二歳。平社員の佑人より四つ上にすぎなかったが、すでに課長だった。しかも多岐川地所の花形課長として、業界ではすでに名の知られた才媛《さいえん》である。女優と見紛《みまが》うような美貌《びぼう》。大きな瞳は美しく、見つめられるだけで、どんな男もいちころだった。特にパンツスーツ姿は颯爽《さっそう》としていて、男性社員だけではなく、女性社員からも人気があった。なにより、仕事が出来た。

そんな椎名課長から、直接の部下でもない佑人が、会社の外で会いたいと言われ、戸惑いながらも、フィットネスクラブにやって来たのだ。

「ちょっとこれから、時間いいかしら」

「もちろんです」

美咲が先を歩く。佑人は後に従う。

いやでも、佑人の視線は美人課長のヒップに向かう。

競泳用水着はけっこうハイレグで、それゆえ、むちっと盛り上がっている美咲の双《そう》臀《でん》の半分近くしか包んでいなかった。

ということは、多岐川地所きっての美人課長の生尻《なまじり》が、半分露出しているのだ。

それが、長い足を一歩前に運ぶたびに、ぷりっぷりっとうねっている。

本人にはその気はまったくないだろうが、佑人を誘っているようにしか見えない。

プールに隣接する喫茶コーナーに、美咲は入った。

「ここ、水着のままでドリンクが飲めるの。いいでしょう」

「はい、素晴らしいです」

水着のままドリンクが飲める利便性ではなく、水着姿の椎名課長をもうしばらく拝める視覚的喜びに対して、佑人はうなずいていた。

「なにがいいかしら」

「課長っ、僕がやりますから」

「いいのよ。はじめてだから、勝手がわからないでしょう」

美咲が優しく微笑《ほほえ》む。美人だが厳しい上司だ、という噂を聞いていたが、笑顔は天使のようだった。

「じゃあ、ウーロン茶をおねがいします」

はい、と美咲がうなずき、カウンターに向かう。またもや、佑人の視線は美人課長の後ろ姿に向かう。

ヒップばかりに目がいっていたが、ウエストのくびれがまた素晴らしかった。

いい身体をしているよな。椎名課長、男はいるんだっけ。そんな噂は聞かないよな。でも、あれだけいい女であれだけいい身体をしていて、男がいないなんて考えられないよな。

そんなことを思っていると、美咲が右手にアイスコーヒーが入ったグラスを、左手にウーロン茶が入ったグラスを手に、こちらにやってきた。

正面から見る、競泳用水着姿の椎名課長がまた素晴らしかった。

ハイレグが食い込む股間が危ない。恥毛がはみ出していないのが不思議なくらいだ。

それに胸元の高い盛り上がりはなんだ。椎名課長、あんなに巨乳だったのか。

「さあ、どうぞ」

と美咲は正面ではなく、佑人の隣に腰掛けた。ウーロン茶の入ったグラスを置きつつ、長い足をテーブルの下で組む。

ああ……あの太腿《ふともも》と太腿の間に手を入れたい。

「ありがとうございます」

と佑人はいきなり、ごくごくと冷えたウーロン茶を飲んだ。喉がからからだったのだ。

「今夜は大事な話があって、わざわざここに来てもらったの」

「大事なお話ですか」

開発一課のグラマー課長が、二課の平社員にいったいなんの用があるのだろうか。

2

「今度、M県のM市で、再開発のコンペがあるの」

「はい、知っています。一課が担当されるそうですね」

「そうなの。それで、今、M市の地元の建設会社と組もうとしているの。やっぱり、我が社だけではなく、M市の会社が入っていた方が、コンペで勝ちやすいから」

東京の会社だけで乗り込むより、地場の会社との共同事業体にした方が、地元受けは良かった。

「立花くんは、M市の出身よね」

「はい、そうです。高校までいました」

一浪の後、東京の私立大学に通い、そして、そのまま東京の会社に入ったのだ。

「確か高校は、K高校よね」

「はい」

「今、私たちが狙《ねら》っている地元の建設会社は、矢島建設《やじまけんせつ》というの」

「はあ」

「M市では二番目に大きな会社よ。で、その社長は女性なんだけれど、矢島瑠美子《るみこ》っていうの。知っているかしら」

「矢島、瑠美子、ですか」

「旧姓で言った方がいいかしら。榊原《さかきばら》瑠美子よ」

「榊原、瑠美子……ああっ、高校の時の同級生ですっ」

「そうよね」

「よくご存じですね」

「調べたから。それで、その榊原瑠美子は三年前に矢島建設の社長と結婚したんだけど、三ヶ月前、その社長が急病で亡くなってしまったの」

「そうなんですか……」

「それで、奥さんの瑠美子が後を継いで、今、矢島建設の社長になっているわけ」

「榊原が……いや、矢島瑠美子が建設会社の社長ですか……」

瑠美子とは甘酸っぱい思い出があった。彼女は佑人のファーストキスの相手だったのだ。半年ほど付き合い、卒業式の夜にエッチしようとして……。

「そうなの。それでね、立花くん」

と美咲が美貌を寄せてきた。噂の大きな黒目で見つめてくる。

ああ、なんて綺麗なんだ。まさに吸い込まれそうだ。

「あなたに、矢島建設の女社長を口説《くど》き落としてもらいたいの」

「え……僕が、ですかっ」

「そう。今、ちょっと苦戦しているの。郷島組《ごうじまぐみ》も矢島建設を狙っていてね」

「うわ、あの郷島組がですか」

郷島組は、佑人が勤める多岐川地所より、売上高では上のデベロッパーだ。

「彼らには負けたくないのよ」

「そうですね」

「お願い。社長を口説き落として欲しいの、立花くん」

と美咲が頭を下げた。

「椎名課長……」

嫌でも、高い胸元が目に入る。

「もう、二課の小林《こばやし》課長には、立花くんを貸してくださいって、話は通してあるの」

「そうなんですか」

そこまで話がついているのなら、佑人に断る理由などない。なにより、佑人にとってこれはチャンスだった。

多岐川地所に入社して五年。係長どころか、はやくも窓際行きになりそうな状態から脱却する好機が、降ってわいたのだ。

それにも増して、椎名課長の下で働けるのがうれしい。

すでに、セクシーな水着姿を拝めるという恩恵も被《こうむ》っているのだ。

「頑張らせていただきます」

「ありがとう、立花くん。期待しているわよ」

笑顔を見せ、美咲が白い手を佑人の太腿に乗せてきた。いきなり肌と肌が触れあうことになる。手と手ではなく、手と太腿である。

「今夜あなたをプールに呼んだのは、立花くんの身体を見たかったからなの」

「僕の、身体、ですか……」

「そう。未亡人を落とすには、身体が大事でしょう」

そう言って、美咲が白い手を競泳水着に包まれた股間に向けてくる。

「か、課長……」

競泳水着はブリーフ型である。パッドに抑え込まれているとはいえ、勃起すれば、もっこりしてくる。

佑人はあせった。正面を見れば美人課長の高く張った胸元があり、下を向けば、ハイレグが食い込む股間に、むちっとあぶらの乗り切った太腿がある。

どこを見ても、股間に劣情の血が集まってしまうものばかりだ。

「立花くんの身体の調子はどうかしら」

そう言って、美咲が競泳水着の股間を撫でてきた。

「あっ、そんなっ……」

佑人はあわててまわりを見た。喫茶コーナーはたいして広くはない。だが、ほかに三人の会員がいたが、皆こちらには気付いていない。

「あら、すごいわ」

美咲に言われて股間を見ると、勃起させたペニスの形が浮き上がっていた。パッド越しにもわかるくらいだから、相当こちこちになっているようだ。

「挟まれたくないかしら」

競泳水着の股間の盛り上がりを白い手でなぞりつつ、美咲が聞いてくる。

「挟まれる、と言いますと？」

「ここに」

と美咲がもう片方の手で、組んでいる太腿と太腿の間を指差す。

あそこにペニスを挟むのか、と思った途端《とたん》、競泳水着の下で勃起したペニスがひくついた。

「あらすごいわ。動いている」

美咲の瞳が妖《あや》しく光りだす。多岐川地所の男性社員を虜《とりこ》にする黒い瞳が、エロくねばつく。

「挟まれていいわよ、立花くん」

「こ、ここで、ですか」

「そうよ。別に嫌ならいいけど」

「嫌だなんて、でも、ここで水着を脱ぐわけにはいかないです」

「馬鹿ね」

うふふ、と美咲が笑う。より色っぽくなる。

「手よ、手を挟まれたいかって、聞いたのよ」

「手ですか……そうですよね……」

ペニスだなんて勘違いした自分が恥ずかしい。でも、手だとしても、一大事だ。

右の太腿と左の太腿が斜めに重なっている。どちらも白く、静脈が透けて見えている。

あの隙間《すきま》に手を入れるだけでも、射精してしまいそうな気がしてくる。

「ああ、つらそうね、立花くん」

美咲に撫で続けられている股間は、さらにもっこり度が上がっていた。ぱんぱんに張っている。

「手、入れてみていいですか、椎名課長」

「いいわ」

佑人はまわりを見た。運よくほかの三人は、こちらに視線を向けていない。

佑人は、失礼します、と思い切って右手を美咲の太腿に伸ばしていった。

むちっと熟《う》れた感触を指先に感じた。佑人は上に乗っている右の太腿に、ぺたっと手のひらを押しつけていた。

しっとりと吸い付くような手触りに、感動する。

ああ、これが女性の太腿なんだ。ああ、なんて触り心地がいいんだ。

そうなのだ。佑人は二十八にもなって、まだ女性を知らなかった。大人の女性の太腿を触るのも、思えば生まれてはじめてだ。

処女の太腿なら、高校時代に触ったことがあった。榊原瑠美子の太腿だ。

でもあの時は、女の子の太腿になど興味はなかった。とにかく、おっぱいだった。そのことばかり考えていて、高校時代の瑠美子の太腿の感触がどうだったかなど、まったく覚えていなかった。

「どこを撫でているの、立花くん。私はそんなこと許可した覚えはないけれど」

さっきまで妖しく光っていた黒目が、冷たくなっている。

「す、すみません、課長……」

肝《きも》を冷やし、佑人はあわてて魅惑の太腿から手を引く。

「言われたこと以外、勝手にしては駄目よ」

「すいません」

「あら、縮こまってきたわ。これくらいで小さくさせるなんて、意気地無しね」

さっきまでぱんぱんだった競泳水着が、萎《しぼ》んでしまっている。

「あ、あの、挟まれても、いいのでしょうか」

恐る恐る、佑人は椎名課長に聞く。

「いいわよ」

ありがとうございます、と今度は、いきなり太腿と太腿の間に右手を入れていった。

右手の甲と手のひらが、なんともやわらかな肌に包まれていく。柔らかな肉の間に、手を入れていく感覚がたまらない。

「あら、また元気になってきたわ」

美咲の手が這っている股間が、再び、もっこりと膨らんできていた。

「私の太腿、どうかしら」

「さ、最高です、課長」

出来れば、ずっとこのまま、美咲の太腿に挟まれていたかった。

「良かった。明日から頑張る気になったかしら」

「なりました。頑張りますっ」

「じゃあ、さっそく、明日、M市に行ってもらいます」

組んだ太腿を解《ほど》きながら、美咲がそう言った。佑人はあわてて、美咲の太腿から手を引く。

「うちの課の青山《あおやま》さんに伝えておくから、明日、羽田で合流してください。青山さん、わかるかしら」

はい、と佑人はうなずく。

青山奈緒《なお》。入社二年目の開発一課の社員だ。椎名課長同様、多岐川地所で青山奈緒を知らない男はいないだろう、と想像されるほどの美女だ。

「じゃあ、詳細は青山さんから聞いてください」

よろしく、と言うと、美咲が立ち上がった。

佑人もあわてて立ち上がり、ありがとうございますっ、と美咲のヒップに向かって頭を下げた。

3

翌日、佑人はM市行きの飛行機の中にいた。

隣には、青山奈緒が座っている。

空港内の待ち合わせ場所で、佑人はすぐに奈緒を見つけたが、奈緒は佑人には気付かなかった。佑人の顔をよく知らなかったらしい。

いっしょにM市に向かう社員だと納得させるために、社員証まで見せるはめになってしまった。まあ仕方がない。自分は奈緒と比べて、圧倒的に華《はな》のない社員なのだから……。

あわただしく挨拶をすませ、二人は機上の人となった。

奈緒は淡いグレーのパンツスーツに白いブラウス姿だった。ストレートの髪は、黒だ。清楚《せいそ》な雰囲気の美女で、処女ではないかと社内では噂されていた。

機内では、M市に着いてからの予定を聞かされたが、奈緒の美貌を見ているだけで、どきどきして、話の半分も頭に入っていなかった。

隣からは、さわやかでありつつ、甘い薫りがほのかに漂ってきている。

ちらりと目を向けると、書類に目を通している奈緒の横顔が見える。そばで見ると、抜けるように白い肌は、とても肌理《きめ》が細かいのがわかる。

思えば、こんなに近くで奈緒の美貌を見たことなどない。いつも遠くからちらちら見ているだけだった。

仕事とはいえ、ともに飛行機に乗っているだけで、佑人は幸せだと感じていた。

と、二つ前の席の女性が立ち上がった。トイレに行くのか、こちらに歩いて来る。

そちらを見た佑人は、思わず目を見張った。女性の下半身は、大胆なミニスカート姿だったのだ。

いきなりあらわれた、超ミニから伸びる足に視線を引き寄せられた。

ストッキングに包まれた脚線は、目を見張るように美しく、セクシーだった。

「あら」

と超ミニの女が佑人の前で立ち止まった。

「立花くんじゃないの」

頭の上から名前を呼ばれ、足に見惚《みと》れていた佑人はあわてて視線を上げた。

そこには、彼のよく知った顔があった。

「富永《とみなが》さん……」

「久しぶりね。こんなところで会うなんてね」

富永樹里《じゅり》。大学時代の友人の近藤拓也《こんどうたくや》の彼女だった女性だ。三人とも同い年で、よくいっしょに遊んだものだ。

樹里は足が自慢で、いつも超ミニを穿《は》き、素晴らしい生足を見せつけていた。

近藤は樹里とやりまくっていたはずだったが、佑人は樹里の生足を見るだけの大学時代を過ごしていた。

大学卒業と共に、近藤は就職先の関係でニューヨークに飛び、樹里と会うこともなくなった。

思えば、五年ぶりの再会である。大学生の頃も色っぽかったが、二十八の女盛りとなり、ますます色香が匂っていた。

そう言えば、樹里は郷島組に入社したはずだった。

『郷島組も矢島建設を狙っているの』

椎名課長の言葉が、佑人の脳裏に浮かぶ。

まさか、富永樹里が矢島建設の担当なのか。

「確か、立花くんは、多岐川地所だよね」

「そう……」

「なるほどね。お手柔らかにね」

矢島建設を取り合うライバルだと気付いたのか、樹里が右手を差し出してきた。

佑人もあわてて手を出し、握手した。はじめて樹里の身体に触れたことになる。

「こちらの綺麗な女性は？」

と樹里が奈緒に視線を向けた。

「多岐川地所、開発一課の青山奈緒といいます」

奈緒がていねいに名乗った。

「郷島組の富永です。よろしくね。だけどパンツスタイルでは、矢島建設の専務は落とせないわよ、青山さん」

そう言うと、失礼します、と樹里はトイレに向かった。

「あの女性、立花さんのお知り合いなんですか」

と奈緒が聞いてきた。

「大学時代の友達なんだよ」

「彼女だったとか？」

「まさか……」

佑人は通路の背後に目を向ける。ミニから伸びた脚線に目が行く。ストッキングに包まれた足は、涎《よだれ》が出そうなほどそそる曲線を見せつけていた。

あの足で、矢島建設の専務を落とすつもりなのだろうか。

「立花さん！　続けていいですか？」

呆《ほう》けていたところへ、奈緒の怒ったような声がとんできて、あわてて佑人は仕事モードに戻った。

奈緒が用意した資料によると、社長は矢島瑠美子だが、実質的な支配者は、専務の田所《たどころ》修蔵《しゅうぞう》らしい。亡くなった社長の右腕だったそうで、年は五十。社員の信頼も厚いらしい。

「あの女性、あんなミニで、田所専務に営業しているのでしょうか」

「やっているんだろうね」

富永樹里。かなりの強敵と言わざるを得ない。が、ここで負けるわけにはいかない。社長は瑠美子なのだから。

「そんなのどうかと思います」

「そんなのって？」

「女の身体を武器にするなんて、間違っています」

奈緒が真摯《しんし》な瞳を向けてくる。もしかして、噂通り、処女かもしれないな、と佑人は思った。

思えば、この俺になにか武器があるのだろうか。あるとすれば、瑠美子と高校の時の同級生だったこと……半年ほど付き合い、キスした仲であること……でも、エッチを失敗してしまった相手……。

あれから十年が経ち、瑠美子は結婚し、そして未亡人となっている。

佑人は未だ童貞である。

『今夜あなたをプールに呼んだのは、立花くんの身体を見たかったからなの』

『未亡人を落とすには、身体が大事でしょう』

椎名課長の言葉が蘇《よみがえ》る。

これは身体で落とせということではないのか。そんなの無理である。とは言え、無理などと言っている場合ではない。

トイレから戻ってきた樹里が、佑人の横を通っていく。

自然と超ミニから出ている太腿に目が行く。

「どこ見ているんですか」

えっ、と横を見ると、息がかかるほどそばに、奈緒の清楚な美貌があった。

ほんのちょっと口を出せば、奈緒の可憐な唇を奪えそうな位置だ。

「立花さんも、女性の太腿が好きなんですね。あんなかっこうで営業するような女性が好きなんでしょう」

「そんなことはないよ。僕も女の身体を武器にするなんて、間違っていると思うよ」

「本当かしら。でも、我が社は正攻法で行きましょう。誠意を持ってコンペにかける我が社の意気込みをお話しすれば、あんなミニスカ女には負けません」

「そうだね」

富永樹里がどこまでのミニスカ営業をやるつもりかわからなかったが、樹里が本気で迫れば、専務の田所はいちころなのでは、と佑人は思った。

4

その夜——佑人は矢島瑠美子とM市の繁華街にある高級居酒屋の個室で向かい合っ

ていた。この店を使うように、とすでにリサーチ済みだった。

ふたりきりの方が話は進むだろう、と佑人は奈緒をビジネスホテルに帰していた。

空港に着くなり、すぐにタクシーを飛ばし、矢島建設に向かった。そこで十年ぶりに会った瑠美子は、すっかり大人の女になっていた。

人の妻となり、そして未亡人となり、女の色香がじわっと全身からにじみ出ていた。

高校の時の瑠美子は、どちらかと言えばボーイッシュな雰囲気だった。

席替えで隣の席になってから急に親しくなり、受験勉強を頑張りながら、半年ほど付き合った。

付き合うといっても、学校帰りにマックでお茶したり、郊外のショッピングモールに自転車で行って、だらだら半日過ごしたりしていただけだ。

もちろん、佑人にはエッチしたい、という野望は常にあった。ボーイッシュな雰囲気でありつつ、瑠美子はかなりの巨乳だった。

私服の時はざっくりとしたシャツをよく着ていたけれど、それでも胸元は目立っていた。瑠美子と会うたびに、バストを揉みたいと思っていた。でも、出来なかった。

ファーストキスも、卒業式の後、やっとしたくらいなのだから。

場所は瑠美子の自宅だった。

その日、夕方から七時くらいまで両親に用事があって、家に誰もいないと言われて、瑠美子に誘われたのだ。

卒業式の後にエッチしよう、と佑人は決めていた。でもラブホに行く勇気はなく、どこですればいいのか、と迷っている時、瑠美子の両親に急用が出来たのだ。

瑠美子は一人っ子だった。はじめて瑠美子の部屋に入った。

当たり前だけど、部屋は瑠美子の匂いで満ちていた。普段、制服越しにかすかに薫《かお》ってくる甘酸っぱい薫りを濃くした匂いだった。

佑人はそれだけで、かなり興奮してしまっていた。

佑人にしては珍しく、勢いに任せて瑠美子の腕を摑《つか》み、抱き寄せて唇を奪った。

ファーストキスの味はどんなものだったか、よく覚えていない。とにかく、キスしたぞっ、という興奮でいっぱいだった。

今にして思えば、そのままベッドに倒れこんで、エッチへと突入すれば良かったのだ。けれど、がっついているように見えるのは良くない、とキスの後、しばらく話をした。お互いの今後のことについてだ。佑人は東京の私立大学に、瑠美子は地元の大学に進学が決まっていた。

離ればなれになるのはつらかったが、仕方がなかった。

佑人は東京に行きたかったし、一人娘の瑠美子は地元を出る気はなかったからだ。

そして瑠美子の部屋に入って二時間後、やっとベッドに倒れ込んだ。

瑠美子のブラウスを脱がせると、たわわに実ったバストがあらわれた。ブラからこぼれ出さんばかりのボリュームだ。

はやく生のバストを見たくてカップを摑み、引き下げようとしたが、うまく出来なかった。かといって、瑠美子は恥ずかしがって自分でブラを外してはくれない。

佑人は先にシャツを脱いだ。そしてブラカップの上から、瑠美子の巨乳をむんずと摑んでいった。

「あっ……」

瑠美子が佑人の手首を握って、押し止《とど》めようとする。

佑人は構わず揉んでいった。ブラ越しでも興奮したが、やっぱり、じかに摑んでみたい。

佑人はもう一度、ぐぐっとカップを引き下げた。今度はうまくずり下がり、瑠美子の乳首があらわになる。

けれど、すぐに佑人の視界から乳首は消えた。瑠美子が両腕で乳房を抱きしめたからだ。乳首は消えたが、二の腕からはみ出している乳肉が、たまらなくそそった。

「ああっ、瑠美ちゃんっ」

佑人は瑠美子の乳房に顔を埋めていった。二の腕を脇にやり、乳輪に埋まっていた乳首にしゃぶりついた。

生まれてはじめての乳房は、最高だった。瑠美子の乳房に顔を埋めて、乳輪を舐《な》めているだけでも、興奮していた。

佑人は顔を上げると、ジーンズのベルトに手を掛けた。トランクスといっしょに下げると、弾《はじ》けるように勃起させたペニスがあらわれた。

「うそっ……」

瑠美子が目を見開き、今度は両手で顔を覆った。

その間に、佑人はスカートに手を掛けた。サイドのホックを外し、ジッパーを下げると、脱がせていった。

瑠美子は脱がされるままに委《ゆだ》ねていた。

今日、高校を卒業すると共に、童貞を卒業するんだ、という佑人と同じように、瑠美子も今日、女になると堅く決めているようだった。

パンティがあらわれた。ブラとお揃いのベージュだった。ブラは巨乳ゆえ、大きかったが、パンティはとても小さかった。

脇からヘアーがはみ出ていないのが不思議なくらいだった。

佑人はパンティに手を掛けた。

「あっ……だめ」

と顔を覆ったまま、瑠美子がそう言う。でも、その声はか細かった。

佑人はパンティの正面を剝《む》いていった。瑠美子のヘアーがのぞいた。

「いやっ」

と瑠美子が両手を股間に持ってきた。愛らしい顔は、火が噴き出そうなくらい真っ赤になっていた。

佑人は瑠美子の手首を摑み、脇へとやる。するとすぐに、いや、と股間を覆ってくる。佑人はもう一度手首を摑み、脇へやり、そのまま押さえつけながら、瑠美子の恥部を見つめた。

瑠美子の恥毛は薄かった。生で目にするのはもちろん生まれてはじめてだったが、ネットで数え切れないくらい女性の恥部を見ていた。

それと比較すると、薄いと感じた。縦の割れ目の横にはほとんど恥毛がなく、剝《む》き出し状態となっている。

ああ、これが瑠美子の割れ目なんだ。瑠美子の入り口なんだ。

佑人ははやく入れたかった。びんびんのペニスで突き刺し、はやく男になりたかった。でもいきなりは独りよがりすぎるだろう。乾いていたら、傷がついてしまう。

そうだ。舐めるのだ。瑠美子のおま×こを、舐めるのだ。

佑人は両手を脇に押さえつけたまま、顔を瑠美子の恥部に寄せていった。

「いや……なにするの」

それには答えず、ぺろりと縦の割れ目を舐めてみる。

すると、だめっ、と瑠美子が腰をよじらせる。

佑人は舌で割れ目を追い、舌先をめりこませようとする。が処女の扉は頑《かたく》なで、やはり指で開かないと無理だった。

「じっとしていて」

そう言うと、佑人は瑠美子の両手から手を離した。瑠美子は真っ赤になっていたが、もう、恥部を隠すような動きは見せなかった。

佑人は瑠美子の花唇に指を添えた。

「開くよ」

と言うと、瑠美子は堅く目を閉じたまま、こくんとうなずいた。

佑人は瑠美子の割れ目をくつろげていった。

目の前に花びらがあらわれる。ピュアなピンクの花びらだった。

「ああ、綺麗だよ、瑠美ちゃん」

「うそ……ああ、変な形でしょう」

「見たことあるの、瑠美ちゃん」

「だって……自分の身体でしょう……見るよね……」

「そうだよね……」

でも、瑠美子が夜中、自分で割れ目を開いて自分のおま×こを見ているところは想像出来なかった。

瑠美子の花びらはやはり乾いていた。このまま入れても傷つけるだけだ、と佑人は割れ目を開いたまま、顔を埋めていった。

「あっ、なにするのっ」

佑人はぺろぺろと処女の肉ヒダを舐めていく。甘酸っぱい匂いに顔面が包まれる。

「いや、そんなとこ、舐めちゃ、だめだよ、佑人くん」

佑人は無心に舐めていた。瑠美子の秘部はおいしかった。夢中で舌を這わせていて味はよくわからなかったが、おいしかった。

味はわからないのにおいしい、とは変だったが、でもたまらなくおいしかった。

気がつくと、瑠美子の花びらは佑人の唾液《だえき》でべちゃべちゃになっていた。

よし、これでいい。入れるぞ。

いや、その前に、ちょっとだけフェラしてもらおう……。

瑠美子の唇に目が向かう。ああ、あの唇に俺のペニスが……。

「あ、あの、いいかな」

「えっ、なに？」

「いや、あの……」

佑人は口ごもりつつ、自分のペニスを見下ろす。すでに先端には先走りの汁がにじんでいた。

こんなものをいきなり瑠美子に舐めさせるわけにはいかない、と、フェラチオは遠慮しようとした。

「いいよ……お口で……しても……少しだけなら」

察したような表情で、瑠美子が言った。

「い、いいのかい……じゃあ、あの、ティッシュで、ちょっと拭くから」

「そんなことしなくていいよ」

瑠美子が上体を起こし、佑人の股間に愛らしい顔を埋める。

「あっ、瑠美ちゃんっ……」

ぺろり、と瑠美子の舌が先端を這う。

それだけで、あまりの感激に射精しそうになる。

瑠美ちゃんが、俺のち×ぽの先っぽを舐めている……ああ、最高だっ。

瑠美子はどうやったらいいのかわからないようで、ただただ、先っぽを舐めていた。

だが初フェラ体験の佑人にとっては、それで充分だった。むしろ裏筋などを舐められなくて良かったとさえ思った。そんなことをされたら、即、暴発だろう。

もういいよ、と言わなくちゃ、と思いつつも、言えなかった。

すると瑠美子が唇を開き、鎌首《かまくび》を咥《くわ》えてきた。先端を瑠美子の唇に包まれ、佑人は、ああっ、と女のような声をあげて、腰をくねらせた。

気持ち良すぎて、じっとしていられなかったのだ。

「あ、ああっ……だめだよっ……ああ、出ちゃうよっ」

佑人はぎりぎりで腰を引いた。今日こそ男になるぞ、という思いが、口内発射の誘惑にどうにか勝った。

瑠美子が再び仰向けになった。半開きの唇が絖《ぬめ》っている。

入れなくては。はやく入れなくては。

佑人は瑠美子の唾液で濡れた先端を、瑠美子の割れ目に当てていった。

「入れるよ」

「うん……佑人くんにあげるわ」

「ああ、瑠美ちゃんっ」

佑人は腰を突き出した。が、唾液で滑るのか、うまく割れ目に入らない。

すると、ただいまっ、という声が階下の玄関から聞こえてきた。

「うそっ、ママだわっ」

「えっ……そんなっ」

時計を見ると、まだ六時だった。七時に帰ってくるはずじゃなかったのか。

「瑠美ちゃんっ。ケーキ買ってきたわよ。あら、誰か来ているの？」

佑人はそれでも、瑠美子の割れ目に侵入を試み続けた。今、このチャンスを逃したら、二度と瑠美子とエッチ出来ない気がしたのだ。

だが、それは徒労に終わった。

入れる間もなく、あっと思った時には、暴発させていた。どくどくっ、と勢いよく噴き出したザーメンが、瑠美子の恥毛にぶちまけられる。

「瑠美ちゃーん？」

と階段の下から、母親の声がする。

「待ってて、今、行くからっ」

瑠美子はティッシュの箱を引き寄せると、たくさん引き抜いて、それで恥部に掛かったザーメンを拭きとった。

「ああ、ごめんよ、瑠美ちゃん」

「はやく、服を着て」

「そうだね」

こういう時、女の子はたくましい。狼狽《うろた》えている佑人をよそに、瑠美子は手早くザーメンを拭《ぬぐ》うと、パンティを穿き、ブラをバストに戻し、服を着ていった。


「高校の頃を思い出していたんでしょう」

「えっ……」

現実に戻った。

差し向かいに座っている瑠美子はすっかり大人の女性だ。髪は長く、アップにまとめている。ボーイッシュな感じは微塵《みじん》もない。女の色香だけが匂っている。

この十年の間、佑人は童貞のままだったが、瑠美子は女として花を開き、その肉体は熟れっぷりを増していたのだ。

ブラウスの胸元が高く張っている。高校の頃より、さらに大きくなったようだ。佑人以外の男に揉まれて大きくなったのだろう、と思うと、複雑だった。

結局、予想通り、あの日が最後だった。佑人は東京に行き、瑠美子は地元に残った。

「佑人くん、変わらないわね」

童貞のままでしょう、と言われているようで、佑人はどきりとした。

「瑠美ちゃんは……変わったね」

「そうかな。中身は高校の時のままよ」

「すごく色っぽくなった」

「そうでもないのよ」

そう言って、瑠美子がグラスを手に、ビールをごくりと飲んでいく。白い喉が上下に動く様を、佑人はじっと見つめた。

「佑人くん、今夜は矢島建設の社長である私を口説きにきたんでしょう」

ズバリと指摘されて焦《あせ》ったが、確かにそのために来たのだ。瑠美子もわかっているなら話は早い。佑人は意を決してうなずいた。

「そ、そうだね。是非とも、多岐川地所と組んで欲しいんだ。いっしょに、再開発のコンペに取り組んでほしいんだよ」

「再開発の受注が出来れば、矢島建設としてはかなり大きな事業になるわ。私もどこかと組んで、是非とも勝ちたいと思っているの」

「是非とも、多岐川地所と組んでください」

おねがいします、と佑人は頭を下げる。

「私も出来たら、佑人くんの会社とお仕事をしたいわ。多岐川地所なら、文句のない業績がある会社だし。でも、佑人くんももう承知していると思うけど、私の一存では決められないの。専務の田所修蔵のＯＫをもらわないと……」

と瑠美子が言っていると、隣から、

「あんっ……あっんっ……いけません」

という女性の甘ったるい喘ぎ声が聞こえてきた。

佑人と瑠美子ははっとしてお互いの顔を見つめ合った。

「ああ、あんっ……そこだめです……ああ、こんなところで……あひっ、お隣に聞かれてしまいます……」

店はすべて個室だったが、隣とは襖《ふすま》で仕切られているだけだ。

もしかして、あの声は、富永樹里ではないのか……。

「ああ、樹里くんのお汁は最高だね」

「田所専務の声だわ」

と瑠美子が驚きの声をあげた。

隣に、富永樹里と田所専務がいるようだ。しかも、はやくも樹里が肉接待を開始し
ているらしい。

「あっ、クリ弱いんです……あ、あんっ」

樹里のなんともそそる喘ぎ声が聞こえてくる。

隣が気になり、話が進まない。

失礼します、と言って、佑人は襖の前でしゃがみ、そっと開いた。

5

隣の個室では、樹里がセクシーな美貌を反《そ》らして喘《あえ》いでいた。

なぜか、上座に座っているはずの田所専務の姿がない。

「あ、ああっ……専務、お上手過ぎます」

樹里が自らの手でブラウスの胸元を摑む。田所はテーブルの下にいた。

佑人は畳に這うようにして、さらにのぞく。

すると樹里の足が見えた。ストッキングは膝小僧の上まで剝き下げられ、白い太腿があらわになっている。その太腿の半ばほどに、黒のパンティがからみついていた。

ミニスカートは大胆にたくしあげられ、晒《さら》された恥部に、田所が脂《あぶら》ぎった顔を埋めていた。

高級居酒屋の個室で、矢島建設の専務に、恥部を舐めさせるとは……。

「あっ、あんっ……指、入れちゃ、だめです」

だめです、と言いつつも、樹里は田所を押しやったりはしない。

「あっちは、なにをしているの」

と耳元に瑠美子の甘い息がかかった。佑人はぞくりとして、身体を震わせた。

「見るかい」

と問うと、瑠美子がうなずいた。佑人は場所を瑠美子に譲る。

「あっ、指だめですっ……あ、あんっ、声が出ちゃいますっ……あんっ、お隣に……聞こえますっ」

樹里の声がさらに甘く鼻にかかっていく。が、佑人の意識は隣には向いていなかった。目の前に突き出された瑠美子の双臀に向いていた。

瑠美子も佑人同様、畳に四つん這いになって、隣をのぞいていた。上体を低くして、テーブルの下を見ている。

そのため、タイトスカートに包まれたヒップが、佑人に向かって突き上げられていたのだ。それは、圧倒的な量感を見せていた。まさに色香の塊《かたまり》だった。

思えば高校の時は、瑠美子の胸ばかり気になって、お尻はあまり見ていなかった気がする。

佑人は手を伸ばしそうになる。こんなところでいきなり尻を触るなんて最低だ、と思いつつも、触ってみたい誘惑から逃れられない。

「あっ、あんっ……二本なんて、あんっ、だめですっ……あ、ああっ」

隣から聞こえてくる樹里の声が、佑人の背中を押す。

ついに佑人は、タイトスカート越しに、瑠美子の双臀に触れていた。

しまった、と思ったが、もう遅い。

四つん這いになっている瑠美子の身体がぴくっと動いた。けれど、こちらを振り向くことはなかった。

佑人は撫ではじめていた。タイトスカート越しでも、むちっとした感触が伝わってくる。

「あ、ああっ……やんっ、あんっ」

樹里の声が聞こえ続ける。

佑人はじかに撫でたくなる。瑠美子の太腿はストッキングに包まれていた。パンストだろうか。

スカートの裾に手を掛け、思い切ってたくしあげた。

あっ、と瑠美子が声をあげた。

まずい、と思ったが、スカートから手を離せなかった。

あらわになった瑠美子の双臀があまりにセクシーだったからだ。瑠美子は予想通りパンストを穿いていたが、パンティがTバックだった。

それゆえ、魅惑の尻の曲線がパンスト越しに堪能出来た。

佑人はそこに手を伸ばし、パンストの上から、瑠美子の尻を撫ではじめた。

「あ、ああ……」

差し上げられている瑠美子の双臀がぴくぴくと動く。

嫌がっているのではない。嫌なら、四つん這いの形を解《と》くはずだ。

「だめだめっ……ああ、恥をかいちゃいそうですっ、専務っ」

樹里の声が上擦《うわず》っている。

佑人はじかに触りたくなり、パンストに手を掛け、引き剝いた。

「だめ……」

さすがに瑠美子がこちらを見た。けれど佑人を見つめる瞳には、非難の色はない。

佑人はあらわになった瑠美子の生尻に手を置いた。あぶらの乗った尻たぼが、しっとりと手のひらに吸い付いてきた。

「だめよ……佑人くん……」

だめと言いつつも、お尻は差し上げたままだ。

それは、いい、ということを意味していると解釈し、佑人は未亡人社長の生尻を撫でまわし続ける。

「はあっ、ああ……だめ……だめよ」

「だめだめ、専務っ……ああ、ああっ、樹里、いっちゃいそうっ」

樹里の声に煽《あお》られ、佑人は思い切って、右手を前に伸ばした。そして、股間に貼り付くパンティの脇から指を入れていった。

「だめっ、入れてはだめっ」

「あっ、ああっ、いきそう、いきそうですっ」

瑠美子の声が、樹里の声に掻《か》き消される。

瑠美子の中は熱かった。そして驚くことに、ぐしょぐしょだった。

佑人はいきなり激しく掻き回していた。

「あっ、だめだめっ……」

「あ、ああっ、い、いくっ……」

樹里がいまわの声をあげた。次の瞬間、静かになる。

すると、だめっ、という瑠美子の声がやけに大きく響いた。

佑人ははっとなり、あわてて指を抜いていった。ねっとりと瑠美子の愛液が糸を引いた。

第二章　肉色の指導

1

佑人はビジネスホテルの一室にいた。ジャケットを脱ぎ、ネクタイを緩めて、缶ビールを飲んでいる。

時刻は午後十時をまわっている。結局、二次会はなしでお開きとなっていた。あの後、瑠美子とはあまり会話が弾《はず》まなかった。ただ、彼女が嫌がっているわけではないことはわかった。嫌だったら、帰りましょう、と言えばいいだけなのだから。

瑠美子は何やら物思いに沈みながら、一時間ほど飲んで帰っていった。

佑人がホテルに誘えば、付いてきたのだろうか。

付いてきたかもしれない。あそこはぐしょぐしょだったのだ。

樹里の喘ぎ声に、瑠美子も煽られていたのだろう。ものにする、落とす絶好機だったとも言えた。ライバル会社の樹里が、こちらの後押しをしてくれたようなものだ。

でも、ものに出来なかった。

怖《お》じ気《け》づいたのだ。卒業式の夜、エッチ未遂《みすい》に終わってから十年。

瑠美子の身体は女として熟れていたが、佑人は男として、なんら変わっていなかった。

相手は未亡人、こちらは童貞。

満足させなければいけない、というプレッシャーに負けていた。

考え過ぎな気もしたが、これが童貞の自分の限界なのかも知れない。

携帯が鳴った。青山奈緒からだった。奈緒を先に帰していたことをすっかり忘れていた。

「あの、そちらに行っていいですか」

「あ、ああ、いいよ。五〇七号室だから」

「じゃあ、すぐ行きます」

矢島建設の女社長との商談がどうなったか気になるのだろう。

待つほどなく、ドアがこんこんとノックされた。

佑人は腰を下ろしていたシングルベッドから立ち上がり、ドアに向かうと、開いた。

すると、奈緒が立っていた。

「こんばんは」

「あ、ああ、こんばんは……」

佑人はしばし、奈緒に見惚れた。奈緒はホテル備え付けの浴衣一枚だったのだ。風呂にはすでに入っているようで、洗い髪を背中に流していた。

「どうぞ、中に入って。狭いけど」

「知っています……」

そう言って、奈緒がはにかむような笑顔を見せた。

なんて可愛いんだ、と佑人は思った。

奈緒が、失礼します、と入ってくる。じゃあここに、とシングルベッドに並んで座った。狭いから、そこしかないのだ。

腰を下ろすと、浴衣の裾がたくしあがる。ホテル備え付けの浴衣《ゆかた》は、元々、裾が短かった。

だから、いきなり、奈緒の太腿が半分以上あらわとなってしまう。

パンスト無しの、生足、生太腿だ。

青山奈緒は会社の中ではほとんどパンツスタイルだった。だから、彼女の生足を拝めるだけで、奇跡と言えた。

彼氏以外、目にすることは出来ないお宝だけあって、奈緒の太腿は瑞々《みずみず》しかった。瑠美子の熟れた下半身を見た後だけに、余計、フレッシュに見える。

「あの……接待はどうでしたか」

と奈緒が聞いてきた。

「感触は良かったよ。矢島社長も、出来たらうちと組んでコンペに参加したいと言ってくれた」

「良かったじゃないですか」

と奈緒が笑顔を向ける。

真横に座っているため、浴衣の襟《えり》ぐりから、奈緒の乳房のふくらみがわずかにのぞいて見えていた。ビジネスホテルの浴衣はぺらぺらで、襟ぐりも緩かった。

薄い浴衣の下はブラとパンティだけなのだ。なんて無防備なかっこうで、奈緒は隣に腰掛けているのだろう。

「ただ、やはり事前の調査通り、田所専務が社員の信頼も厚いみたいだ。彼の承諾無しには決められないと言っていた」

「そうですか……。じゃあ、明日、田所専務にアポを取って、会いましょう」

「そうだね……」

田所専務には、はやくも郷島組の富永樹里が強烈に接触していたと言いたかったが、また奈緒が憤慨《ふんがい》すると思い、やめておいた。

「青山さんも、ビールを飲むかい」

「すいません。じゃあ、頂きます」

佑人はコンビニの袋から缶ビールを取り出し、奈緒に渡した。

奈緒はプルトップを引き、唇を寄せていく。缶ビールを飲む姿が、また魅力的だ。すぐそばに奈緒の太腿がある。触りたくなる。が、椎名課長と違い、触ったら即ビンタが飛んできそうだ。

そういえば、椎名課長にも報告しなければ。どこまで報告したものだろうか。ビールを飲みつつ悩んでいると、佑人の携帯が鳴った。

「あ、椎名課長からだ」

奈緒にそう断ると、佑人は電話に出た。

「もしもし、立花くん？　今、どこかしら」

「ホテルです」

「あら、早かったのね。まあいいわ。今、そこの屋上の温泉にいるから、来なさい」

そう言うと、電話が切れた。

「か、課長っ!?」

思わず佑人は絶句した。

「どうしたんですか」

と奈緒が美しい黒目を向けてくる。

「椎名課長、このホテルに来ているって」

「えっ……東京じゃないんですか？」

「屋上の温泉にいるらしい」

このビジネスホテルは屋上に温泉があるのが売りだった。だからこのホテルにしたのだが、まさか、そこに椎名課長がいるとは。

「とにかく行かなくちゃ」

と佑人は立ち上がった。

「でも、女湯ですよね」

「そうだね……課長が男湯にいるわけがないよね」

確かめてみよう、とこちらから電話を掛ける。

「あの、課長……女湯にいるんですか」

「当たり前でしょう。はやく来なさい」

「あの、でも、僕、男ですから……」

「安心して。誰もいないから」

「いや、今いなくても、後から誰かが入ってくると思いますが……」

「あなた、私とお風呂に入りたくないって言うのかしら」

「いいえ、そんなことありません。椎名課長とお風呂に入れるなんて、そんな幸せありません」

「じゃあ、つべこべ言わないで、すぐに来なさい。これは課長命令よっ。まだ今日の仕事は終わっていないの」

「はいっ」

と返事をして、佑人は部屋を飛び出した。

2

エレベーターを最上階で降りると、温泉が待っていた。当たり前だが、男湯と女湯がある。ビジネスホテルだから、女性はあまりいないだろう。でも、まったくいないわけではないはずだ。

佑人は迷ったが、ここで女湯に入らないと、駄目ね、と烙印《らくいん》を押されそうだ。

佑人は思い切って、女湯に足を踏み入れた。脱衣場に人の姿はない。佑人はほっとして、急いで、ワイシャツを脱ぎ、スラックスを脱ぎ、Tシャツを脱ぎ、トランクスを脱ぐ。

ペニスは縮んでいた。その方がいいのか、反り返らせていた方がいいのかよくわからない。とにかく、腰にタオルを巻き、禁断の女風呂に入っていった。

内湯に女性の姿はなかった。がらんとしている。外に露天風呂があった。そこに、お湯に浸《つ》かる女性の姿が見えた。

長い髪をアップにして、こちらにうなじを見せている。

椎名美咲だ。

そう思っただけで、縮んでいたいちもつが、ぐぐっと力をつけはじめた。

腰に巻いたタオルがテントを張っていく。

縮みきっているのも情けないが、かといって、びんびんにさせて課長に会いに行くのもまずいだろう。

どうすればいいのか悩んでいると、美咲が湯船から出て、こちらにやってきた。

「あっ、う、うそっ……」

当たり前だが、美咲は素っ裸だった。

想像以上に豊満な乳房は見事なお椀型で、すらりと長い足を運ぶたびに、ゆったりと誘うように揺れている。

ウエストは折れそうなほどくびれ、股間に漆黒の恥毛がべったりと貼り付いている。

裸体全体に、お湯の雫《しずく》が付いていて、それが歩くたびに、流れ落ちていく。

まさに女神だ。佑人はその場にひざまずき、美咲様、と仰《あお》ぎ見たい心境になった。

「なに隠しているのかしら」

美咲が腰のタオルを見て、そう言う。女性が隠さず、男が隠しているのは変だ、と佑人はあわてて腰のタオルを取った。

すると我ながら驚くくらい勃起させたペニスがあらわれた。

「あら、すごいのね」

美咲が近寄ってくる。

「か、課長……」

「それで、これを使って、矢島建設の未亡人は落とせたのかしら」

真正面に立った美咲が、佑人のペニスを白い手で掴んできた。

「あっ、課長っ、そんなっ」

「どうだったのかしら」

優しくしごきつつ、美咲が聞いてくる。

目が覚めるような美貌に、ダイナマイトボディ。乳首は淡いピンク色で、湯だった肌もほんのり桃色だった。

そんなとびきりの美人であり、佑人の上司である彼女が、今、ペニスをしごいているのだ。

これは現実なのだろうか。素直に幸せを感じていいのだろうか。

「あ、あの……いい感触はありました」

「それで、うちと組むって、言ってくれたの」

「それがその……やっぱり、田所専務の承諾を得ないと、いけないそうで」

「やっぱり、そうなのね。でも、女社長の方は、完全に落としたんでしょう」

「いや、完全とは……」

情けないことに、はやくも先走りの汁がにじみはじめていた。

すると、美咲が左手の手のひらで、先端を包んできたのだ。右手で胴体をしごきつつ、左手で先端を撫ではじめる。

「あっ、そんなっ……課長っ、いけませんっ」

あまりの気持ち良さに、佑人は腰をくねらせていた。とてもじっとしていられないのだ。

「どうやら、これは使っていないようね」

「ああ、そうです……使いませんよっ、そんなっ……」

あまりに刺激が強すぎて、佑人はされるがままだった。

これは仕置きなのだろうか、それとも慰労なのだろうか。

わからない。慰労と言えば、最高の慰労である。課長自ら素っ裸を披露し、しごいてくれているのだから。

けれど仕置きと言えば、仕置きともとれた。

「他に報告することは？」

先端を撫でつつ、美咲が訊《き》く。

「他に……といいますと……」

「郷島組の動向に決まっているでしょう」

美咲がぐいっと強くしごいてくる。

「ああっ、課長っ……」

やはり仕置きだ。いや、慰労か。腰が痺《しび》れていく。こんな感覚ははじめてだ。

自分でしごくのとは、まったく違っていた。

「富永樹里が……ああ、こちらに……ああ、来ています」

「富永樹里。それはまずいわね」

と美咲が両手を離した。ペニスがひくひく動く。先端は白く絖っていた。

美咲は踵《きびす》を返し、露天風呂へと戻っていく。佑人の視線は、ごく自然と美咲の双臀へと向かう。

長い足を運ぶたびに、高く張った尻たぼが、ぷりっぷりっとうねるのだ。それだけではない、尻たぼにはえくぼが刻まれていた。

なんてエッチな尻なんだ。

「なにしているのっ。これからミーティングよ。いらっしゃい」

はいっ、と佑人はあわてて追った。思わずタイルで滑りそうになる。

露天風呂に出る。この季節、屋外は気持ちいい。

すでに美咲は湯船に入っていた。ゴージャス過ぎる裸体は、残念ながら拝めない。

「郷島組も本気でこのコンペを取りに来ているようね」

「富永樹里という女は、有名なんですか」

湯船に入りつつ、佑人が訊く。

「Y市の開発プロジェクトは知っているでしょう。あれは、富永樹里に持っていかれたの」

「そうだったんですか。確か、直前までうちに内定していたんですよね」

差し向かいに座った。豊満な乳房の四分の一近くがお湯から出ていた。

それだけでも、絶景と言える。

「そう。ところが、突然、郷島組に変えると言われて、調べてみたら、富永樹里が開発プロジェクトの責任者に急接近していたの」

「急接近ですか……」

「どんな手管《てくだ》を使ったのかは、わからないわ。その責任者は、肉接待なんかでは絶対落ちないと言われていた人でね。むしろ、そういう営業を嫌悪していた人なの」

「そんな人が、富永樹里に落とされたわけですか」

「そういうこと。強敵よ」

どうやっているのかしら、と美咲が小首を傾《かし》げる。

「あの……」

「なにかしら」

「あの……見たんです、今夜」

「なにを」

「富永樹里が田所専務相手に、その、営業をやっているところを」

佑人は高級居酒屋で見たことを、美咲に話した。

話しているうちに、樹里のよがり声だけではなく、瑠美子のあそこの感触を思い出し、お湯の中で、びんびんになった。

「それで、立花くんはどうしたのかしら」

「えっ……」

「女社長を落とす絶好のチャンスだったんじゃないのかしら」

佑人は樹里が田所にあそこを舐めさせていた話はしたが、瑠美子のスカートをめくり、あそこに指を入れた話はしていない。

「一緒にのぞいたんでしょう」

「え、ええ、まあ……」

「じゃあ、女社長はこんなかっこうだったんじゃないのかしら」

そう言いながら、湯船から出ると、美咲は露天風呂の洗い場でいきなり四つん這いになった。

そして、佑人に向かって、むちっと熟れた双臀を差し上げてきた。

「か、課長っ……」

美咲の双臀の尻たぼは高く、尻の狭間《はざま》は深かった。ウエストがくびれているため、逆ハート型が余計くっきり見える。

しかも、濡れた恥毛が貼り付く縦の花唇ものぞいて見えていた。

「こんな姿の女社長を見て、立花くんはなにもしなかったのかしら」

「し、しました……スカートの上から、お尻を触りました」

「それだけ？」

「いいえ……スカートをめくって、パンストも剝き下げて、そしてじかにお尻を……触りました」

そう告白しつつ、佑人はすぐそばに差し上げられた椎名課長の双臀に手を伸ばしていった。それは男としてごく自然な、まさに本能的な動きであった。

佑人が触りにいったというより、美咲の双臀が引き寄せていた。だから、触ることが出来ていた。

「他になにもしなかったのかしら」

「いいえ……あの……前に手を伸ばして……女社長のパンティの脇から……あの……指を入れました」

そう言いながら、佑人は美咲の恥部へと指を伸ばしていた。そして、濡れた恥毛が貼り付く割れ目に、人差し指を忍ばせていった。

「あっ……」

美咲の媚肉は、瑠美子同様、熱かった。

「課長……ああ、課長……」

佑人は熱に浮かれたような顔で、美咲の媚肉をまさぐる。

「ああ、女社長にこんなことしながら……ああ、最後までいかずに、帰してしまったのかしら」

「そうです……」

「はあっ、ああ……馬鹿ね……」

「はい、馬鹿です。僕は大馬鹿ものです」

瑠美子の媚肉は、美咲の媚肉同様、佑人の指にからみついていた。あれは、欲しがっているなによりの証《あかし》だった。

それなのに、俺は……。

「立花くん。あなた、童貞なのかしら」

えっ、と佑人は美咲の媚肉から指を抜いた。

「女を知らないから、未亡人を前に、怖じ気づいてしまったのね」

まさに図星だった。でも、認めるのは悔しかった。

「違いますっ……」

「あら、ムキになるところが怪しいわね」

美咲が四つん這いの姿勢を解き、あらためて湯船に入ってくる。

そして、湯船の中でペニスを摑んできた。

「あっ、課長っ……」

「すごく硬いわ。りっぱだし、これを二十八年も使っていないなんて、もったいないわね」

そう言いながら、美咲がペニスをしごいてくる。

「あ、ああ……課長……」

やめてください、とは言えない。たまらなく気持ちいいのだ。

しかしなんて大胆な課長なのだろうか。部下になったばかりの佑人に裸体を見せつけたばかりか、四つん這いになり、あそこに指を入れさせ、今も、ペニスをしごいている。

椎名課長が上司になって、もしかしたら、こんなことがあったらいいかな、と想像していたことが、電撃的に次々と現実のものとなっている。

「どうしようかしら」

「なにが、ですか……」

「童貞だから、怖じ気づいて、絶好のチャンスを逃がしたんでしょう」

「だから、違いますっ」

「そうなの。童貞だったら、男にしてあげようかな、と思ったのに」

「えっ……」

美咲は意味深な笑みを浮かべると、湯船から出て行った。

もしかして、童貞です、と正直に言ったら、今夜椎名課長とエッチ出来たのか？と思いつつ、ぷりっぷりっとうねる双臀を見つめていた。

3

翌日、美咲と奈緒、そして佑人はデパートの婦人服売り場にいた。

美咲がミニスカートを選び、これを着てご覧なさい、と奈緒に言った。

「どうしてですか」

「そんなパンツじゃ、田所専務は会ってもくれないわよ」

朝のミーティングで、佑人は続けて女社長を、奈緒は田所専務を口説くことになった。事前の調査通り、本丸は田所専務であり、そこに食い込まないことには、矢島建設とは組めないと、美咲が判断したのだ。

奈緒は紺のジャケットに紺のパンツ、そして純白のブラウス姿だった。

「郷島組の富永さんに対抗しなさい、ということでしょうか」

女の身体を武器にするやり方に嫌悪感を抱いている奈緒が、澄んだ黒目で美咲を睨《にら》む。

「あなた、処女かしら」

「えっ……」

「そんな気がしたんだけれど、違う？」

「いくら課長でも、それはセクハラです」

「ごめんなさい。でも、二人は童貞に処女なのね。富永樹里に勝てるかしら」

佑人は思わず、自分は違います、と首を振り、奈緒は、えっ、と意外そうな顔で佑人を見つめてきた。

「まあいいわ。青山さん、あなたのやり方でやればいいわ。結果さえ出してくれれば、それでいいから。でも、言っておくわ。田所専務はあなたとは会わないから」

じゃあ二人とも、しっかり矢島建設詣《もう》でをしてらっしゃい、と言って、美咲は去っていった。

佑人は名残惜しげに、椎名課長の後ろ姿を見つめた。

見栄をはらずに童貞です、とはっきり言えば……あのボディで卒業させてくれるのだろうか……とまだ、昨夜のことをうじうじ思っていた。

「行きましょう、立花さん。契約をとって、課長を驚かせてやりましょう」

「そうだね」

と佑人と奈緒はうなずきあった。だが、結果は散々なものだった。

矢島建設に行くと、ちょうど、田所専務が会社から出てくるところに遭遇《そうぐう》した。

これはチャンスだと、佑人と奈緒は笑顔を見せて近寄ってゆく。

「田所専務ですね」

と奈緒が声を掛けた。

「そうですが」

田所は上から下まで、奈緒を舐めるように見た。

「はじめまして、多岐川地所の青山と申します」

そう言って、奈緒がジャケットの内ポケットから名刺入れを取り出そうとした時には、田所は横を通り過ぎていた。

「あのっ、専務っ」

と奈緒と佑人が同時に声を掛けたが、田所は振り返ることなく、車に乗り込んだ。

追いかける暇もなく、車が発進する。

奈緒は名刺を渡す事さえ出来ず、呆然《ぼうぜん》と車を見送っていた。


その夜、二人は東京に戻った。

佑人は女社長の瑠美子にはもう一度会えたが、結局、奈緒は田所とはあの後会えずに終わった。

帰りの便で、奈緒はずっと悔しそうに唇を嚙みしめていた。

4

自宅に帰り、明日の報告のためのレポートをパソコンで書いていると、携帯が鳴った。

「お疲れ様。ちょっと出てこない？　近くに来ているの」

驚くことに、椎名課長が佑人が住む町の駅前まで来ていた。ここは都心から電車で一時間ほど離れた私鉄沿線の町だった。すでに午後十一時をまわっている。

「『村の民《たみ》』っていう飲み屋で待っているから」

「わかりました。すぐに行きますっ」

佑人はすぐさまジャケットに腕を通し、アパートの部屋を飛び出した。駅前まで徒歩で十二分だったが、全力で走り、五分で着いた。

村の民は、駅前の雑居ビルの地下にある大衆居酒屋である。洗練された美貌とファッションの美咲はかなり浮いているに違いないと思ってフロアに入ったが、予想通り浮いていた。

だからすぐに見つけることが出来た。

カウンターに座って生ビールを飲んでいた。今夜の美咲は黒のシックなジャケットにスカート姿だ。

座っている姿勢が良く、綺麗だったが、安い居酒屋で飲むような男たちを気軽には寄せ付けないオーラがあった。だから、美咲の両隣は空いていた。

「お待たせしました」

「あら、はやかったのね」

座りなさい、と右隣を指差され、失礼します、と佑人は腰掛けた。

「この町には洒落《しやれ》たバーとかはないようね」

「すいません。ありません」

佑人はこの町を代表して、美咲にふさわしい店がないことを謝っていた。

美咲は長い髪をアップにしていた。うなじがなんともセクシーだ。

隣から見ると、ブラウスの胸元の高さを余計感じる。昨晩、露天風呂で、生の乳房を目にしたことがうそのようだ。

本当に昨晩、俺は椎名課長の裸体を見たのだろうか。見ただけではなく、お尻に触り、あそこに指まで……。

東京に戻り、きちっとした姿の美咲を見ていると、M市でのことが幻のように思えてくる。

「それで、どうだったのかしら。青山さんは田所専務に我が社のことを伝えることが出来たの？」

「いいえ。課長がおっしゃっていた通りでした。青山さんは名刺すら渡せずじまいでした……」

そう、と言って、美咲がごくごくと生ビールを飲んでいく。予想していたことだろうから、表情は変えなかった。

「それで、あなたの方はどうだったの」

「矢島社長には、あらためて、矢島建設と組んでコンペに参加したいとお伝えしました」

「それだけ？」

「はい……」

「そう。困ったわね。郷島組の富永樹里はかなりなやり手なの。このままじゃ、向こうに押し切られるわ。でも、あの女には負けたくないわよね」

「はい、負けたくないです」

富永樹里とは、大学時代の友人だと言った方がいいのだろうか。

黙っていても、いずれ奈緒あたりの口から美咲が聞くことになるだろう。ならば、今言っておいた方がいい気がする。

「あの、課長」

なにかしら、と美咲が見つめてくる。顔が近い。どきどきする。

「富永樹里なんですが、大学時代からの……友人なんです」

「あら、そうだったの。恋人だったの？」

「いいえ違います。親友の彼女でした」

「なるほど、見ているだけのキャンパスライフを送っていたのね」

「え、ええ、まあ……」

「でも、矢島建設の女社長とは高校時代の同級生で、ライバルの富永樹里とは大学時代の友人だなんて、ますます、立花くんには頑張ってもらわないといけないわね」

「頑張ります……」

その声は力強さには欠けていた。

「立花くんには自信を持って欲しいの。あなたはやれば出来る人だと思っているわ」

「課長……」

「あなたと青山さんのこと、しばらく見守っていようと思っていたんだけど、あまり悠長《ゆうちょう》にしている時間はなさそうなのよね」

「すいません。矢島社長を口説けなくて……」

「自信をつけさせてあげる」

美咲が椅子から立った。パンストに包まれたすらりと伸びた足を見せつけ、フロアを横切っていく。

佑人はそんな美人課長を惚《ほう》けたような目で見つめている。

すると、美咲が手招いた。通路に消えていく。佑人は引き寄せられるように、椎名課長の後を追う。

美咲は通路の奥に立っていた。立ち姿が美しい。

佑人がそばに寄るなり、ネクタイを摑まれ、ぐっと引かれた。美咲の美貌がいっそう迫る。

「か、課長……」

「あなた、まだ童貞なんでしょう」

「いいえ……」

「あら、違うのかしら」

と美咲が美しい黒目でじっと見つめてくる。めちゃくちゃ近い。なにもかも見透《みす》かされてしまいそうな気がする。

「もう一度聞くわ。二十八にもなって、まだ女を知らないのかしら」

「も、もちろん、知っています……二十八ですから……僕も男です」

「あら、そうなの」

と美咲がネクタイから手を離した。今にも唇が触れそうだった美咲の美貌が離れていく。

「童貞じゃないのね。じゃあ、いいわ。帰りましょう」

「ま、待ってくださいっ、課長っ」

と佑人は美咲の前に立ちはだかった。

「なにかしら」

「すいません。見栄《みえ》を張ってしまって……あ、あの……僕まだ……この年になっても……女を知りません」

佑人は正直に童貞だと告白した。

『そうなの。童貞だったら、男にしてあげようかな、と思ったのに』

昨夜の露天風呂での、美咲の意味深な言葉が、ずっと佑人の脳裏に貼り付いていたのだ。

「それは困るわね。富永樹里に太刀打《たちう》ち出来ないわ」

「すいません……」

再び、美咲の美貌が佑人に迫る。

5

あっ、と思った時には、二人は倉庫に入っていた。小麦粉が入った大きな袋や、サラダ油が入った大きな缶が積み上げられている。

「男としての自信をつけて欲しいの。立花くん」

「はい……つけたいです」

そう答えたものの、椎名課長と倉庫で二人きりになった状態で、どう行動していいのかわからない。

佑人と美咲は恋人同士ではない。上司と部下だ。しかも、上司は美咲の方なのだ。馴れ馴れしく、抱き寄せてしまっていいものかどうか。

「じれったいわね。立花くん」

「すいません……」

「今、私をどうしようか、頭でいろいろ考えているでしょう」

「は、はい……」

「だから駄目なの。たぶん立花くんは、この二十八年間、ずっと頭で考え続けてきたのよ」

「そうかもしれません……」

「牡《おす》にならなくちゃ。私が牝《めす》だって、昨日の露天風呂で充分わかったはずでしょう」

「課長が……め、牝……」

充分な牝だった。あの官能ボディは牝すぎると言ってもいい。

「さあ、私をどうしたいのかしら」

「あ、あの……キス、し、したいです」

「じゃあ、決めなさい」

と美咲が目を閉じた。睫《まつ》毛《げ》が長い。

「か、課長……い、いいんですか」

「怒るわよ」

すいません、と謝りつつ、佑人は美人課長に顔を寄せていった。そしてやや厚ぼったい唇に、自分の口を重ねていった。

それだけで、口から電撃が走った。

椎名課長とキスしているっ。この俺がっ、なんの取り柄《とえ》もない平社員のこの俺がっ。

ひたすら唇を合わせているだけでいると、美咲の方から、舌先で突いてきた。

あわてて開くと、ぬらりと美咲の舌が入ってきた。ねっとりと佑人の舌にからみつけてくる。

ああっ、椎名課長の舌だっ……ああ、椎名課長の唾液だっ……なんて甘いんだっ。

佑人の方からも、ねちゃねちゃとからめていく。

すると、手首を摑まれ、ブラウスの胸元に導かれた。

佑人は美咲と舌をからめつつ、ブラウス越しに、豊満なふくらみを摑んでいった。

ぴくっと美咲の身体が反応した。とがった乳首がブラカップにこすれたようだ。

椎名課長の敏感な反応に、佑人の身体はかぁっと熱くなる。思わず、胸元を揉む手に力が入る。

「あんっ……もっと優しく……」

唾液の糸をねっとりと引きつつ唇を離し、美咲が甘くかすれた声でそう言った。

「すいません、課長」

佑人は力を弱める。白いブラウスが揉みくちゃになる。皺《しわ》になりそうだから、脱がせた方がいい、と思う。

「あ、あの……脱がせても……いいでしょうか」

「そんなこと、いちいち聞かなくてもいいのよ、立花くん。あなたの牡の本能に忠実に行動しなさい」

「牡の本能に……忠実に……ですか」

「そうよ」

じゃあ、と佑人はブラウスを掴むと、ぐぐっと引いていった。

「あっ、うそっ……」

ブラウスのボタンが上から次々と弾け飛んでいく。

ブラウスの前がはだけ、淡いブルーのブラに包まれた美咲の胸元があらわとなった。

佑人はブラカップの上から、美人課長のバストを掴んでいく。そして欲望をぶつけるように揉んでいく。

「あっ、あんっ……」

乳首がさらにブラカップにこすれるのか、美咲が甘い喘ぎを洩《も》らし、佑人の腕にしがみついてきた。

「課長っ」

と佑人は再び、美咲の唇を奪う。舌を入れると、美咲の舌がからみついてくる。頭で考えず、牡になるのだ。本能のままに、椎名課長を抱くのだっ。

佑人は舌をからませつつ、ブラカップをぐっと押し下げた。すると、たわわなふくらみがこぼれ出た。予想通り、乳首はつんととがりきっていた。

佑人は美咲の唇から口を離すと、そのまま、乳房にしゃぶりついていった。とがった乳首を口に含み、じゅるっと吸い上げる。

「あっ、あんっ……上手よ、立花くん」

椎名課長に誉《ほ》められ、童貞の身体を流れる劣情の血がさらに熱くなる。

興奮に駆られた勢いで、佑人は軽く乳首の根元に歯を立てていた。

すると、あっ、と美咲がぴくっと身体を動かした。

すいません、と口を引こうとしたら、

「ああ、もっと噛んで」

と言われた。

佑人は美人課長に言われるまま、乳首の甘噛みを続ける。すると、あんっ、あうんっ、と美咲が甘い声をあげる。

ちょっとMの気があるのだろうか。それとも、乳首の甘噛みなど、大人の前戯のひとつなのだろうか。

なにせ、はじめて大人の生女体を相手にしているわけで、よくわからない。

とりあえず、美咲が喜んでくれているのが良かった。下手《へた》と言われてしらけてしまうのが、なにより怖かったからだ。

「ああ、こっちも……おねがい」

「はい。すいません……」

右の乳首ばかり甘噛みしていた。佑人は顔を上げる。椎名課長の乳首が、佑人の唾でねっとりと絖光《ぬめびか》っている。なんともそそる眺めだ。

「あんっ、じらさないで、立花くん」

すいません、と佑人はあわてて左の乳房に顔を埋めていく。とがった乳首をじゅるっと吸い、根元に歯を立てていく。

と同時に、右の乳首を摘《つま》み、こりこりところがしていく。

「あっ、あんっ……いいわ……ああ、いいわ、立花くん」

椎名課長に誉《ほ》められるたびに、身体を流れる劣情の血が熱くなる。

佑人はスカートの裾に手を掛けた。思い切って、たくしあげる。

するとパンストに包まれた魅惑の下半身が、倉庫の中であらわになった。

パンスト越しに、美咲のパンティが透けて見える。それは黒で、ローライズだった。

フロント面積がかなり狭く、サイドから恥毛がはみ出していないのが不思議だった。

佑人は間近で見たくて、その場にしゃがんでいた。まさに牡の本能に従った行動だった。

パンストが貼り付く股間から、普段、かすかに薫る美咲の体臭が濃く薫ってきた。

パンストをめくれば、もっと濃い匂いが嗅げる、と佑人はパンストに手を掛けた。

美咲は、だめ、とは言わない。されるがままに任せている。

パンストをフロントから剝き下げていく。黒のローライズパンティがあらわとなる。

一日パンストに包まれ続け、籠もっていた股間の匂いが、佑人の顔面を包んだ。

「ああ、課長……」

佑人は目を閉じ、籠もっていた匂いを味わう。

「ああ、恥ずかしいわ、立花くん」

美咲がくなくなと下半身をくねらせる。

佑人は椎名課長の恥部に顔を押しつけていった。パンティ越しに、ぐりぐりと鼻を押しつける。

「あんっ、なにするのっ……あんっ、そんなこと……ああ、恥ずかしいわ」

ぐりぐりと押しつけていると、鼻が偶然、クリトリスを捉《とら》えた。すると、はあんっ、と美咲が敏感な反応を見せた。

とにかく、椎名課長は感度が良好だった。ちょっと意外な気がした。美人だが厳しい上司のイメージがあるので、あっちの方もクールじゃないのか、と思っていたのだ。

もっと恥ずかしがらせてやれ、と佑人はパンティに手を掛け、一気に引き下げた。

下腹の陰りがあらわれる。

「あんっ、だめっ……」

美咲が両手を恥部に持ってくる。佑人は細い手首を摑むと、ぐぐっと左右にやった。まさに牡の力だ。

あらわになった椎名課長の恥部は、とても上品な感じがした。恥丘を飾る陰りは、手入れでもされているような生えっぷりだった。

「ああ、綺麗です、課長。やっぱり、ここの毛の手入れもやっているんですか」

「ああ、バカね……そんなこと……しないわ」

羞恥《しゅうち》の息を吐きつつ、美咲がそう言う。

「見て、いいですか」

とまた、聞いてしまう。

「もう見ているじゃないの、立花くん」

「この奥を見たいんです」

と言いつつ、佑人はぴっちりと閉じている椎名課長の縦の切れ込みを、すうっと撫でた。

「あ、ああ……だめ……見てはだめ……」

「いいでしょう、課長」

「あんっ、いじわるで、わざと聞いているのね……ああ、立花くんって、ああ、本当に童貞なのかしら……」

本当に童貞です、椎名課長。

佑人は思い切れず、美咲の縦筋をなぞり続けている。

「ああ、そんなに……ああ、じらさないで……いじわるね……」

見てはだめ、と言いつつも、広げて欲しいのだ。

しかし椎名課長の恥じらう姿は、なんて可愛いのだろう。クールビューティの椎名課長が、美貌を赤くさせて、太腿と太腿とをすり合わせている姿なんて、永久保存ものである。

佑人は割れ目をくつろげていった。

目の前に、美咲の媚肉が広がっていく。

「あ、ああ……だめ、だめよっ……開いちゃ、だめっ」

それはもっと開いて、という意味だと解釈し、佑人はさらに開いていく。

「ああ、綺麗です……ああ、おま×こ、こんな綺麗だなんて……」

もちろん、童貞とはいえ、ネットで数え切れないくらいおま×こは見ていた。

でも、目の前で息づく美咲のおま×こは、全世界のどんなおま×こより美しかった。

「ああ、見ないで……ああ、そんなとこ……開いて、じっと見るものじゃないでしょう……ああ、立花くん……」

「そうですね。でも、こんな綺麗なものを隠しておくなんて、もったいないですよ、課長」

薔薇《ばら》の蕾《つぼみ》のような肉襞《にくひだ》が、しっとりと濡れていくのがわかる。

見ないで、と言いつつも、佑人の視線に感じはじめているのだ。

ネットと生のおま×ことの一番の違いは、匂いを感じることが出来ることだ。さっきまで嗅いでいた美咲の匂いが、よりエッチになっていた。

牝の匂いだ。

佑人は匂いに引き込まれるように、美咲の媚肉に顔を埋めていく。

「あっ、なにしているのっ……だめ、だめっ」

美咲の腰が逃げるように動く。佑人は腰骨をがっちり押さえ、ぐりぐりと鼻を美咲の粘膜に押しつけた。

「あんっ、うそっ……鼻なんか……ああ、入れないでっ」

顔面が美咲の牝の匂いに包まれる。

「おいっ、大丈夫かっ」

いきなり廊下から男の声がして、佑人と美咲ははっとなった。

「あ、ああ……大丈夫だ」

苦しそうな声がする。

「飲み過ぎるからだぜ」

「そうだな……」

どうやら、飲み過ぎて、気持ち悪くなり、トイレに向かっているようだ。

佑人はぺろりとクリトリスを舐めた。不意をつかれたのか、あんっ、と美咲が甘い声をあげた。

佑人はクリトリスを口に含み、じゅるっと吸っていく。

「あっ、あんっ、だめだめ……聞かれるわ」

美咲が逃げようとする。佑人はぐっと腰骨を掴み、牝の急所を責め続ける。美咲がさっきより感じていることは、はっきりしていた。声が甘くなっていることもあったが、なにより、愛液の量が多くなっていた。

「女の声、しなかったか」

「い、いや……トイレに行ってくる」

「なんか色っぽい声が聞こえてきたんだけどなあ」

佑人はクリトリスを舐めつつ、人差し指を美咲の媚肉に入れていった。

「あっ、うそっ……」

燃えるような粘膜が、佑人の指にからみついてくる。

佑人は美咲の媚肉をまさぐっていく。

「あ、ああっ……だめだめ……聞かれちゃうっ」

課長が感じるからですよ。

二カ所責めを続けつつ、佑人は心の中でそう言う。

今は男の声は聞こえない。でも、向こうにいるような気がする。ドアに耳を押しつけて、こちらの様子を窺《うかが》っているのではないのか。

違うかもしれなかったが、そう思うと、余計興奮する。

それはきっと、美咲も同じなのではないか。佑人の指を、媚肉がきゅきゅっと締めてきている。

ああ、ここにち×ぽを入れたら、さぞや、気持ちいいだろう。

そして、ここに入れることが出来れば、晴れて童貞を卒業することになるのだ。その時が、間近に迫っている。

ああ、童貞でよかった。童貞だから、椎名課長は俺を男にするために、相手になろうとしているのだ。

佑人が二カ所責めを続けていると、あっ、と美咲がその場にしゃがんだ。

美咲の美貌が目の前に迫る。白い頬は赤く染まり、佑人を見つめる瞳も妖しく潤んでいる。一気に色香が増していた。

「ああ、上手ね……本当に女を知らないのかしら」

「知りません……」

椎名課長に誉められるたびに、ぞくぞくする。

美咲が佑人の股間に手を伸ばしてきた。スラックスのフロントジッパーを下げてくる。

「あっ……課長……」

あっという間に美咲の手が入り込み、トランクスの前からペニスを掴まれた。

「硬いわね」

火の息を吐くようにそう言うと、美咲が引っ張り出してくる。

「立って、立花くん」

「まさか、課長……ここで……僕のち×ぽを」

「そのまさかよ」

「ああ、課長っ……感激です」

しゃぶってもらう前から、佑人は興奮と喜びで身体を震わせていた。

「さあ、立ちなさい」

はいっ、と佑人は立ち上がる。埃《ほこ》臭かった倉庫の中は、いつの間にか、美咲の甘い体臭に包まれている。

反り返った自分のペニスが見える。その先端の先に、椎名課長の美貌がある。

なんてことだっ。こんな幸せなことがあってもいいのか。

美咲が瞳を閉じ、ちゅっと鎌首にくちづけてきた。

「あっ、課長っ」

ペニスがぴくぴく、ぴくぴくと動いた。

美咲が舌をのぞかせ、ひくつく先端をぺろりと舐めあげてくる。

ぞくりとした快感がペニスから走った。

高校の卒業式の夜に、瑠美子に舐められて以来の十年ぶりのフェラだ。

佑人のペニスに、女性の舌が這うのは、これで二度目ということになる。二十八年間の人生でたった二回とは少ないだろう。

けれど、一回一回は、かなりレベルが高いと思った。

特に二回めは、多岐川地所の男性社員憧れの的である椎名美咲のフェラなのだ。

今夜だけで、軽く百回分の価値があるのではないか、と佑人はそう思っていた。

美咲の舌が裏筋に這ってくる。

「あっ、課長っ……そこはっ」

「気持ちいいのかしら」

「はいっ、すごくっ」

上から見下ろす美咲の美貌が、またたまらない。クールビューティの美人課長をひざまずかせているのだ。

はやくも鈴口から、先走りの汁がにじみ出してきた。

「あら、もう……」

と美咲がぺろりと舐めてきた。ピンクの舌が白く汚れ、すぐに唾液に混じっていく。

「ああ、課長……」

気持ち良すぎて、舐められても舐められても、あらたな汁がにじんでいく。

「溜まっているのかしら」

「は、はい……あの……でも、二十八年間……溜めていたわけじゃないですから」

「当たり前でしょう。変な人ね」

うふふ、と笑い、美咲が唇を開いた。あっ、と思った時には、野太い先端が美咲の口の中に入っていた。

じゅるっと吸われ、ああっ、と腰を震わせる。

美咲の唇が、反り返った胴体に沿って下がっていく。

「ああ、ああっ……課長っ……」

半ばまで咥《くわ》えたところで、今度は強く吸いながら、美貌を引き上げていく。

あらわになった胴体が、美咲の唾液でぬらぬらになっている。

「うんっ、うっんっ……」

悩ましい吐息を洩らしつつ、美咲が美貌を上下させていく。それにつれ、あらわなままの乳房が重たげに揺れる。

視覚的刺激も、触覚的刺激も、嗅覚的刺激も、もうなにもかも最高だった。

最高過ぎて、このまま、美咲の口に出しそうになる。それはまずい。

「ああ、課長……ありがとうございました……ああ、もう、いいです」

佑人を一人前の男にするために、まさに椎名課長は一肌脱いでいるのだ。口に出すわけにはいかない。

おま×こに入れて、おま×こに出さなければならないのだ。

ああ、この俺の精液を、椎名課長のおま×こに出す。

そう想像しただけで、佑人のペニスが美咲の口の中でぐぐっと膨張した。

だが美咲の口は、容赦なく肉棒を責めたててくる。急速に射精衝動が高まった。

「あっ、課長っ……出ますっ」

口を引いてくださいっ、と言う前に、暴発させていた。

どくどくっ、どくどくっ、と大量の飛沫《しぶき》が、椎名課長の口の中に放たれていく。

生まれてはじめて、女体の中に精液を出していた。おま×こではなく口だったが、

ティッシュに出すのとは比べものにならないくらいの快感に身体が包まれていた。

快感が治《おさ》まっていくと、なんてことをやってしまったんだっ、と佑人はあわてた。

急いでペニスを美咲の唇から引き抜き、すいませんっ、とその場にしゃがんで謝る。

美咲はなにも言わない。言えないのだ。大量のザーメンが口に入ったままだから。

佑人は倉庫の中を見回した。当たり前だが、ティッシュの箱はない。

どうすればいいのだろう、と焦っていると、美咲がしっかりと唇を閉じたまま、小さくかぶりを振った。

えっ、と見つめると、白い喉が動いたのだ。ごくん、と。

うそっ。飲んだのかっ。椎名課長が、俺のザーメンを飲んでくれた。

白い喉はもう一度、ごくん、と動いた。

「ああ、すごい量ね」

「すいません……」

「やっぱり、溜まっていたのね」

「ああ、すいません……せっかく……僕を男にしてくださるというのに……出してしまって」

「あら、まだ大丈夫じゃないかしら」

そう言って、美咲が佑人の股間に手を伸ばしてきた。ペニスを摑んでくる。

あっ、と思って見下ろすと、佑人のペニスははやくも天を向いていた。

第三章　筆おろしの夜

1

美咲と佑人は居酒屋を出ていた。落ち着いた場所に移ってしまおう、ということになったのだ。

それはなにより、佑人が望むところだった。そもそも、十年前、瑠美子の家でエッチしようとしなければ、瑠美子の母親が予定よりはやく帰宅しなければ、卒業式の夜に、佑人は童貞も卒業していたのだ。

絶対、邪魔が入らない場所で、美咲と抱き合いたい。

けれど、バーもない私鉄沿線の小さな町では、洒落たホテルなどない。かといって、今から都心まで戻るのは、リスクが高すぎる。

美咲の気が変わったら、そこでお仕舞いである。佑人はなにより、そうなることを恐れていた。一刻もはやく、落ち着ける場所に行かなくてはならない。やはり、狭いが佑人の部屋が一番いいか。

「あれ、なにかしら」

と美咲が指さした。『ホテル中村《なかむら》』という地味なネオンが光っている。

「きっとラブホだわ。行きましょう」

そう言うと、美咲が手を繋《つな》いできた。白くて細い五本の指が、佑人の指にからみつく。

佑人は再び、痛いくらい勃起させていた。さっき美咲の口に出したばかりだったが、そんなのまったく関係なかった。

美咲相手なら、出しても出しても、即、勃起出来そうな気がした。

裏通りを歩くと、すぐに、ホテル中村が見えた。見るからに、うらぶれた連れ込み宿だ。美咲が嫌な顔をするかと心配したが、まったく関係なく、足を踏み入れていった。

思えば、美咲の身体とて、かなり中途半端な状態にあるはずだった。佑人の愛撫に、おま×こを濡らし、フェラまでしつつも、とどめを刺されていないのだから。

かなり古い和風連れ込み宿だったが、二十室あるパネルのほとんどが埋まっていた。佑人が二十八年もの間童貞でいた間に、みんなは、よろしくやっていたわけだ。そもそも、こんな駅近くに連れ込み宿があるなんて、まったく知らなかった。これまで必要なかったから、目に入らなかったのだろう。

部屋は一つだけ空いていた。この宿で一番値が張る部屋だったが、ためらいなく佑人はそのパネルのボタンを押した。

狭い廊下を進むと、部屋番号が書かれたプレートが点滅している。

心臓が爆発しそうな佑人の今の気持ちを、プレートがあらわしているように感じた。

中に入って驚いた。

「これはすごいわね」

昭和のラブホといった感じだった。円形のベッドがあり、そのまわりを鏡が囲んでいた。どこに目をやっても、佑人と美咲が映っていた。

「ああ、恥ずかしいわね……なんか、見られている感じがして……」

「そうですね」

この部屋は失敗かと思ったが、はやくも頬を赤くさせてもじもじさせている美咲を見ていると、当たりなのかも、と思うようになった。

もっと恥ずかしがらせるのだ。

そう思い、佑人は美咲のジャケットのボタンを外し、脱がせた。するとブラウスがあらわれる。

倉庫の中で牡になった佑人がすべてのボタンを弾き飛ばしていたが、美咲が常備している裁縫セットを使い、ささっとすべてのボタンを付けていた。

クールな上司の家庭的な一面を見て、佑人は感激していた。今度は弾き飛ばすことなく、ひとつひとつ外していく。美咲は拒《こば》むことなく、されるがままに任せている。

ブラウスを脱がせると、淡いブルーのブラに包まれたバストがあらわれる。

佑人は美咲に抱きつくようにして、背中に手をまわし、ホックを外した。奇跡的に、一度で外すことが出来た。

たぶん、女を知っていると思わせなくては、という見栄を張っていないからだと思った。

不思議と余裕が出来ていた。倉庫の中で美咲を感じさせたことが大きい気がする。

ブラカップを引き剝《は》ぐと、たわわなふくらみがあらわれる。乳首はツンとしこったままだ。

佑人はやんわりとひと揉みするなり、すぐにスカートのホックを外し、サイドジッパーを下げていく。

すると、美咲はパンストとパンティだけになる。

佑人は美咲のくびれた腰を掴むと、エロいセミヌードを背後の鏡に対峙《たいじ》させた。

「あっ、なに……ああ、恥ずかしいわ」

鏡に映った自分の姿を見て、美咲は美貌はもちろん鎖骨《さこつ》辺りまで羞恥色に染めていく。色が抜けるように白いから、そんな変化がすぐにわかる。

佑人はフロントの方からパンストをめくっていく。すると黒のローライズパンティがあらわれる。

佑人はパンティを引き下げると、すぐにパンストを引き上げた。下腹の下にパンティをからませたまま、パンストが恥丘に貼り付いていく。

「な、なにしているの……恥ずかしい」

パンストがべったりと貼り付き、下腹の陰りが卑猥に透けて見える。

佑人はパンストの上から、クリトリスを突きはじめた。

すると、すぐに、

「あんっ、あっんっ……」

と美咲は敏感な反応を見せた。恥ずかしい、と言いつつ、パンストだけの自分の姿を、妖しく潤ませた瞳で見つめている。
美咲は美人でスタイル抜群だから、自分の姿を見るのが大好きなはずだと思った。
そんな素敵な自分が、パンストだけの卑猥な姿で、平社員にいじられていることに、
興奮するはずだ、と読んでいた。
その読みは予想以上に当たっていたらしい。クリトリスをパンスト越しに突きつつ、
乳首をじかに摘むと、
「はあっんんっ……」
と美咲がぴくぴくとパンストだけの身体を震わせた。
腰が卑猥にうねりはじめる。
そんな自分の恥態を、美咲はじっと見つめている。
佑人はクリトリスを突きつつ、縦の切れ込みをパンスト越しになぞっていく。
「はあっ、あんっ……」
火の息を吐き、美咲が背後に立つ佑人の股間に、パンストに包まれた双臀をこすり
つけはじめた。
「ああ、私だけ……ああ、こんなかっこうなんて……ああ、嫌だわ……ああ、立花く
んも……ああ、はやく脱いで」

佑人はスーツ姿で、ネクタイも締めている。卑猥な椎名課長とはまったく対照的だった。

が、それがいいのだ。佑人がスーツ姿だから、美咲の卑猥さがより際立っている。

だから、美咲はより感じているのだ。

佑人は双臀の方からパンストを剝いた。むちっと熟れた白い尻があらわれる。

佑人はそれをねっとりと撫でていく。

「ああ……いいわ……」

美咲がぷりっぷりっと双臀をうねらせる。その濡れた瞳は、鏡に映っている自分の姿に釘付けだ。

「欲しいわ……ああ、立花くんのが……欲しいわ」

「なにが欲しいんですか、椎名課長」

「そんなの……わかるでしょう」

「童貞だから、わかりません」

「あんっ、やっぱり、童貞なんてうそね……、ああ、もうたくさん……女を知っているんでしょう」

「そんな、知りません」

「じゃあ、これから……ああ、すごい男になるかもね……立花くん」

「本当ですか」

「ああ、童貞でも……くぅ、こんなにねちっこいのよ……あん、女を知ったら……立花くんの、才能が……ああ、爆発するかもね」

「僕の、才能ですか……」

そんなものがあるのだろうか。確かに、はじめてにしては、落ち着けている。さっき一度、美咲の口の中に出したことが大きかったが、いずれにしても、見苦しくがっついてはいない。

もしかして、この俺には女を泣かせる才能があるのか。二十八年もの間、童貞でいたために、その才能がずっと眠っていたということか……。

2

「もう、我慢出来ない……」

と美咲は自らパンストを剝き下げていき、太腿にからまっていたパンティも毟《むし》り取った。生まれたままの姿になると、ベッドに上がった。

佑人はジャケットを脱ぎ、ネクタイを外すと、ワイシャツを脱ぎ、スラックスをトランクスと共に下げた。

ペニスは見事に天を向いていた。さっき、大量のザーメンを美咲の口の中に出していたが、はやくもあらたな汁がにじんでいる。

「ああ、じらさないで……ああ、はやく、その素敵なもので……ああ、私を塞《ふさ》いで」

「椎名課長……」

反り返ったペニスを、妖しく潤んだ瞳でじっと見つめられ、佑人はベッドに上がった。そして、閉じられている両足をぐっと開くと、股間に腰を下ろした。

鎌首の先に、美咲の割れ目がある。

「椎名課長がはじめての女性だなんて、最高です」

「ああ、それは、きちんと入れてから、言ってね」

はいっ、と佑人は先端を縦の切れ込みに当て、そしてぐっと突いていった。

「あんっ……」

美咲がむずかるように鼻を鳴らす。

突く場所を間違えていたようだ。もう一度、きちんと狙いをつけて、ぐぐっと押し込む。

するとこんどは先端が熱い粘膜に包まれた。

ここだっ、と佑人はそのまま強く突き出す。

「ああっ、ああっ……硬い、硬いっ」

燃えるような肉襞の群れが、佑人のペニスにからみついてきた。そして、奥へと引きずりこみはじめる。

「ああ、これは……ああ、勝手に……ち×ぽが……ああ、入っていきます」

美咲の中に、別の美咲がいて、魅惑の底へと引きずり込んでいるようだった。

「ああ、これがおま×こなんですね……ああ、これがリアルな生おま×こなんですねっ」

「そうよ……ああ、どうかしら。はじめてのおま×こは」

「ああ、課長……」

クールビューティの椎名課長の唇から、おま×こ、などという卑猥な四文字がこぼれただけで、佑人の血がさらに熱くなる。

「感想を……ああ、教えて……」

「す、すごく熱くて……ああ、すごく気持ちよくて……ああ、こうして入れているだけで……ち×ぽがとろけてしまいそうです」

「ああん、そうなのね」

「最高です。ずっと童貞で良かったです。うう、こうして、椎名課長のおま×こで男になるために、ずっと童貞だった気がします」

「うれしいわ……動いて……もっと私のおま×こを感じて、立花くん」

「はいっ」

と佑人はゆっくりと抜き差しを開始した。割れ目ぎりぎりまで鎌首を引き上げ、次の瞬間、ぐぐっと突いていく。

「あっ、ああっ……上手よ……んああ、上手よ、立花くん」

やっぱり、椎名課長は誉め上手だ。佑人の拙《つたな》い腰の動きにも、感じてくれている。誉めてくれている。

やはり誉められればうれしい。佑人はさほど緊張することなく、ゆっくりと抜き差しを続けた。

「ああ、ああ……ああ、もっと強くおねがい」

わかりました、と佑人は突きに力を込める。ずどんっ、ずどんっと突いていく。

「あっ、あうっんっ……いいわ……ああ、立花くんの……ああ、おち×ぽ、いいっ」

「課長っ」

おち×ぽいいと椎名課長に言われ、佑人は感動で涙ぐんだ。

「このまま、ああ、ください」

「く、くださいって……」

「あんっ……いくら童貞でも……あんっ、わかるでしょう」

「わかります。ああ、いいんですね、課長」

「ああ、いいわ……立花くんのザーメンが……あぅ、欲しいの」

「課長っ」

佑人の身体全体がかぁっと興奮の炎に包まれる。

佑人の腰の動きに、さらに力が入っていく。ずどんっ、と突くたびに、たわわな乳房が上下に弾んだ。

いいっ、と美咲が両腕を万歳するように投げ出す。綺麗に手入れされた腋《わき》の下があらわれる。そこはちょっと汗ばんでいた。

「ああ、きてっ、きてっ……立花くんっ……ああ、いいのよっ、くださいっ、くださいっ」

出しますよっ、椎名課長、出しますよっ。

燃えるような媚肉をえぐりつつ、佑人は、おうっ、と吠えた。

どくどくっ、と飛沫が噴き出し、椎名課長の子宮を叩いていく。

「あっ、ひいっ……」

美咲の背中がぐぐっと反った。全身にどっとあぶら汗が浮かぶ。

「課長っ、課長っ」

美咲の中で、佑人のペニスは脈動を続ける。出しても出しても、噴き出し続けた。

「あ、ああっ……いっぱいよ……うふん、私のおま×こ、んあ、立花くんのザーメンで……ああ、いっぱいよ」

佑人はたっぷりと出し終えると、上体を倒していった。胸板でたわわな乳房を押し潰《つぶ》しつつ、美咲の唇に口を重ねていく。

すると、美咲は舌をからめつつ、しなやかな両腕を背中にまわしてきた。

甘い汗の匂いとやわらかな肉体に包まれ、佑人は幸せいっぱいだった。

「ありがとうございます、課長……」

「これで、大丈夫ね……。期待してるわ、立花くん……」

「はい、頑張ります……」

なにがなんでも、矢島建設を落とさなければ、と佑人はあらためて思った。

3

翌日に出社すると、青山奈緒は休んでいた。田所専務に会えなかったことが、相当ショックなのだろう。佑人から見ても、美人だがお堅いだけの奈緒が、セクシーダイナマイトの富永樹里から田所専務を奪えるとは思えなかった。

しかし、矢島建設をものにするためには、本丸の田所専務を落とさなくてはならない。

あらたな策を考えなければならない、というわけだ。

明日また、青山奈緒とM市に行くようにと、さきほど椎名課長に言われていた。

当たり前だが、椎名課長はいつもと変わらなかった。佑人を見つめる目は、部下を見る眼差し以外のなにものでもなかった。

さすがだと思ったが、ちょっとだけ残念でもあった。

今、テーブルを囲んで打ち合わせをしている。立ったまま打ち合わせをするテーブルだ。佑人のデスクからは、美咲の後ろ姿が見れる。今日はベージュのジャケットにベージュのパンツスタイルだ。

スカートじゃないのが残念だったが、パンツ姿も素敵だ。ぷりっと張った双臀の形が、後ろから見るとよくわかる。

あのパンツの下で息づく、むちむちの尻をじかに撫でたことが信じられない。

ああ、今度は、ケツから入れてみたいな。そう思っただけで、佑人は勃起させた。

すると、美咲がこちらを振り向き、立花くんっ、と佑人を呼んだ。

やばいっ、スラックスがテントを張っている。

「どうしたのかしら。はやく、いらっしゃい」

美咲だけでなく、打ち合わせをしている開発一課の他の社員もこちらを見ている。

佑人は立ち上がった。ジャケットの裾で股間を隠しつつ、美咲に近寄った。

「すいません……」

「遅いわ。すぐに来ないと駄目でしょう。資料室に以前のM市の再開発コンペで使った模型があるはずなの。それを取ってきてもらえないかしら」

わかりました、と佑人は美咲から離れた。

佑人のペニスは美咲のそばに立っただけで、さらに大きくなっていた。

午後七時過ぎ、佑人は池袋の駅前に立っていた。夕方、奈緒からメールを貰ったのだ。

多岐川地所は品川に本社があり、池袋はかなり離れていた。奈緒は渋谷から出る私鉄沿線に住んでいて、池袋にはあまり縁がないはずだ。渋谷で会えばいいのに、どうして池袋を指定したのかわからなかった。池袋も人が多い。次から次とターミナル駅から人が出てくる。

そんな中、すごいミニの女が目に飛び込んできた。

すらりと伸びた生足は、目を見張るように綺麗だった。

なにより、裾の短さにどきどきする。太腿の付け根近くまで露出させているのだ。

その生足が佑人に向かって来ていた。

佑人は視線を上げていった。超ミニの上は、カットソーだ。上半身にぴたっと貼り付き、女らしい曲線を露骨に見せつけている。

バストの隆起が高かった。ほっそりとしているのに、かなりの巨乳だ。

超ミニの女が佑人の前に立った。

「お待たせしました」

「あ、青山さん……？」

「はい……」

「え、本当に青山さんなの……」

「そうです……」

ストレートの黒髪が似合う清楚な奈緒が、太腿もあらわな姿で、佑人の前に立っていた。しかも、豊満なバストを強調させるような服を着ている。

「見違えたよ。青山さんも、こんな服を着たりするんだね」

「はじめてです……」

「はじめてなの？」

「はい。会社に入ってからはもちろん、大学時代も、ほとんどパンツスタイルでした……。スカートを穿いても、膝下でした」

「それが、どうして？」

「似合いませんか。変ですか？」

「まさか。似合っているよ」

と話の流れに乗じて、あらためてじっくりと奈緒の生足を見つめる。

惚れ惚れするような太腿だ。この場に膝をつき、この太腿に顔をこすりつけたい。

「立花さんの目……なんかエッチです」

「ご、ごめん……でも、どうして、こんなミニなんか……」

「負けたくないんです」

「負けたくない？」

「はい。郷島組に、富永樹里に、負けたくありません」

なるほど。お堅いだけの自分のままでは、色気の塊の富永樹里には勝てない、と思ったのか。

それで、このミニスカート……。確かに、このミニなら、田所専務も喜ぶだろうが……でも……。

「会社の他の人には見られたくなくて……。それで会社から離れた駅に来てもらったんです」

「そうなのか」

「あの、ちょっと……付き合ってもらえませんか」

「もちろん」

奈緒と並んで交差点を渡る。すれ違う男たちが、皆、奈緒の肢体に目を向けてくる。たぶん、佑人同様、自然と引き寄せられてしまうのだと思った。それくらい、雑踏の中で、奈緒の白い生足は人目を惹《ひ》いていた。

とあるワンショットバーに入った。お洒落な内装の立ち飲みバーだ。

ここでも、奈緒のミニスカ姿に視線が集まった。

奈緒は男たちの視線を浴びつつ、ハイボールをごくごくと飲んでいった。

「あの……私、女としてどうでしょうか」

「えっ、もちろん……素敵だよ……。綺麗だし、清潔感あるし……知っているとは思うけど、会社の中でも青山さんのファンは多いよ」

「ありがとうございます……。あ、あの……立花さんも……私のその……ファンなのでしょうか」

アルコールのせいか、潤みはじめた黒目で見つめられ、佑人はどきりとする。

「そ、そうだね。ファンだよ」

好きだよ、とはいきなり言えないが、ファンだよとは言えた。

「あの……会社で、私を、その……押し倒したいと思ったりしますか」

「えっ……」

「だから……あの……仕事中に、あの、どうしても……私と……エッチしたくなったり……しますか」

半分泣きそうな顔で、奈緒が聞いてくる。

「い、いや、それはないよ……」

「ああ、やっぱり、そうなんですね」

「やっぱりって？」

「だから、女としての魅力に欠けるんでしょう」

「そんなことはないよ」

「だけど、富永さんなら、会社でもエッチしたいと思うんじゃないですか？」

奈緒に聞かれ、飛行機で目にした超ミニ姿の樹里を思い出す。すると、それだけで、佑人はごくりと生唾《なまつば》を飲んでしまった。

「やっぱりそうなんですね。富永さんとはエッチしたくて、私とはエッチしたくないんですね」

酔っているのか、奈緒の声が大きくなる。隣のサラリーマン二人がじろじろとこちらを見ている。

「青山さんとエッチしたくないなんて、思うわけないだろう」

「じゃあ、したいんですね」

「もちろん、したいよ」

「じゃあ、おねがいします」

「えっ……」

「私を押し倒してください」

「こ、ここでかい？」

奈緒はかぶりを振り、ごくごくとハイボールを飲む。

馬鹿なことを聞いてしまった。ここで押し倒せるわけがない。だが同時に、他の場所なら押し倒してもいい、と奈緒は言っているのだ。

いや、押し倒してもいいどころか、押し倒して欲しい、と言っているのだ。

いったいどういうことなのか。

奈緒は富永樹里には負けたくない、と言っていた。ただ富永樹里に比べて、圧倒的に色気が足りないと自覚している。

エッチをしたら、色気がにじみ出てくると思っているのだろうか。もしかして、やはり、噂は本当なのか……。

「あの、一つ聞いていいかな」

なんでしょう、と奈緒が美しい黒目で見つめてくる。

ああ、なんて綺麗な目なんだ。見つめられるだけで、とろけそうだ。

「その、あの……」

いざとなると、聞きづらい。

「青山さんは、まだ、男性を知らないのかな」

はい、と奈緒はしっかりとうなずいた。

処女なのだっ。やはり社内の噂は本当だった。

「おい、あの子処女だってよ」

と隣のテーブルからサラリーマンの会話が聞こえてくる。どうやら聞き耳を立てていたようだ。

「だめでしょうか？」

と奈緒が心配そうな目を向けてくる。

「なにが」

「だから……処女じゃ……だめですか」

「まさか」

「じゃあ、おねがいします。私、富永樹里に勝ちたいんです」

プレイボーイなら、そうかい、と言って、すでに店を出ているだろう。

でも、佑人はプレイボーイではない。昨日、やっと椎名課長のおま×こで、童貞を卒業したばかりの奥手《おくて》の男だ。

据え膳を前に、ためらっていた。

「青山さん、酔っているね」

「はい。酔っています。酔わないと、こんなお願い出来ません」

白い頬が、酔いでほんのりと赤く染まっている。

でも確かに、色香が匂うわけではない。清楚ゆえに、その可憐な花を俺なんかが散らしていいのか、と思ってしまう。

まあ、ご馳走を前にして、そんなことを思うから、二十八年間も童貞だったのだろうが……。

「どうして、僕なんだい」

一番疑問に思っていることを聞いた。

「それはもちろん、同志だからです」

「同志……」

「立花さんも富永樹里には負けたくないでしょう」

「そりゃ……もちろん」

「なら、いっしょに頑張って、勝ちましょう」

「青山さん、そこまで……」

「あの……お代わり、買ってきます」

そう言うと、奈緒はテーブルから離れた。この店はセルフサービスだ。カウンターに向かう奈緒の後ろ姿にごく自然と視線が動く。

超ミニから伸びた足は、なんともうまそうだ。

隣のテーブルのサラリーマンたちから、いい足をしているよな、という声が聞こえてくる。

ハイボールを買って、戻ってきた時には奈緒の気が変わっているかもしれない。それなら、それでいいか……。

エッチして欲しい、と多岐川地所のアイドルに言われて、腰が引けている自分に気付く。椎名課長相手だと課長がリードしてくれる雰囲気があった。けれど、処女の奈緒相手だと、佑人がリードしなくてはならない。

椎名課長のお陰で、男になったものの、たった一度の経験しかない。

うまく出来るだろうか。

『ああ、童貞でも……くぅ、こんなにねちっこいのよ……あん、女を知ったら……立花くんの、才能が……ああ、爆発するかもね』

美咲の甘い声が、佑人の脳裏に蘇った。

『あっ、ああっ……上手よ……んああ、上手よ、立花くん』

美咲は佑人のことをとても誉めてくれた。
俺には女を泣かせる才能があるんだ。美咲がそう言ってくれたのだ。
とびきりの処女花を前にして、臆《おく》してはいけない。
奈緒がハイボールのグラスを二つ持って、戻ってくる。
目が合うと、はにかむような笑みを浮かべた。清楚な美貌が赤く染まっている。
なんて綺麗で愛らしい女性なんだろう。
『結果で感謝をあらわすのよ』
初エッチの後、美咲がそう言った。
そうだ。絶対、矢島建設を郷島組に取られてはいけないのだ。
佑人は奈緒が買ってきたハイボールを、ごくごくと一気に飲むと、
「出ようか」
と言った。奈緒もあごを反らして、ごくごくと飲み干すと、
「はい」
と答えた。

4

二人は、西口からすぐの高層ホテルへ入った。奮発して、コーナーダブルの部屋を取った。ダブルにしたのは、ベッドが広い方がいい、と思ったのだ。

「夜景、綺麗ですね」

窓からは新宿の高層ビル群が見える。

上半身にぴたっと貼り付くカットソーに、太腿丸出しの超ミニ姿の青山奈緒を、佑人はじっと見つめる。

こうして見ると、ウエストは折れそうなほどくびれていて、ヒップはぷりっと高く張っていた。お尻もおいしそうだ。

奈緒はずっと夜景を見ている。待っているのだ。いかなくては。なにをためらっている。

『ああ、上手よ、立花くん……ああ、あなた、女を喜ばせる才能があるわ』

椎名課長、見ていてくださいっ。

佑人は窓に近寄り、奈緒のくびれた腰に手をまわした。

ぴくっと奈緒の肢体が動いた。

背中に流れるストレートの黒髪から、甘い薫りがした。

佑人は引き寄せられるように、奈緒の黒髪に顔を埋めていた。

奈緒はじっとしていた。

奈緒の黒髪は予想以上に、しっとりさらさらだった。少女のような髪だ。

佑人はストレートの髪をまとめると、アップにしていった。すると、佑人の前に、奈緒のうなじがあらわれる。

そこからは、二十四の女性らしい色香が薫ってきていた。

佑人はうなじにも顔を埋めた。

すると、あっ、と奈緒が甘い声をあげた。

奈緒のうなじからは、女の薫りがした。処女であっても、二十四歳。身体は大人になりたがっているのだ。

今夜、佑人が奈緒を女にすれば、奈緒の身体は一気に開花しそうな気がした。

この俺が、青山奈緒を開花させる。

なんて、男冥利《おとこみょうり》に尽きるのだろう。

数日前まで、童貞だったことがうそみたいな状況だ。

た。

佑人はうなじに唇を寄せた。ちゅちゅっと啄《ついば》むようにキスをする。

すると、ぴくっ、ぴくっと奈緒が反応を見せる。まぐろではないようで、ほっとした。

佑人は奈緒をこちらに向かせた。奈緒が潤んだ瞳で見つめてくる。

「綺麗だよ、奈緒……」

思わず名前で呼び、佑人は奈緒の唇を奪った。

やわらかな感触、そしてなにより、多岐川地所きっての処女花とキスしたという事実に、佑人の身体はかぁっと熱くなった。

舌先で突くと、閉じていた唇がじょじょに開いてくる。すかさず、舌を入れた。

奈緒の舌先に触れた。ねっとりとからめていく。

「う、うん……」

奈緒が悩ましい吐息を洩らし、舌を委ねてくる。

奈緒の唾液は甘かった。

舌をからませているだけで、スラックスの下でペニスがひくつく。もちろん、奈緒の黒髪に顔を埋めた時から、びんびんである。

口を引くと、佑人の目は高く張っている胸元に向かう。

ああ、憧れていた青山奈緒のバストだ……ああ、摑んでいいんだ……揉んでいいんだ。

佑人は感激で涙をにじませそうになりつつ、カットソーの上から、奈緒のバストの隆起を摑んでいった。

すると、あっ、と声をあげ、奈緒がスレンダーな肢体を引いた。

佑人は構わず、揉みはじめる。

「あ、ああ、だめ……」

奈緒がさらに下がる。背中が窓に押しつけられる。

佑人は手を離さず、カットソーとブラ越しに、豊満なふくらみを揉み続ける。

「ああ、ああ……立花さん……」

奈緒がなじるような眼差しを向けてくる。やめてと言っているのか。でも、そのなじるような眼差しが、また、そそるのだ。

佑人はカットソーの裾を摑むと、引き上げはじめた。

平らなお腹があらわれ、縦長のへそが見える。そして、淡いピンクのブラに包まれた豊満なふくらみがあらわれた。

さらにカットソーを引き上げ、脱がせてしまった。

ブラと超ミニだけになった奈緒は、恥ずかしいです、と両腕でブラに包まれたバストを抱きしめる。

佑人は奈緒の両手首を摑むと、脇へとやった。そして、ブラカップを摑み、引き下げた。

「あっ……」

ぷるるんっと奈緒の乳房がこぼれ出た。

なんとも形のいいお椀型のふくらみだった。乳輪からわずかに芽吹いている乳首は、淡いピンク色で、清楚な彼女らしかった。

「綺麗なおっぱいだね」

「ああ、恥ずかしいです……」

と奈緒が再び両腕で乳房を抱く。乳首は隠れたが、二の腕から豊かな柔肉がはみ出る。

佑人はミニスカートのサイドのホックに手を掛けた。ホックを外し、ジッパーを下げていく。

「あっ、だめっ……」

と奈緒が両手をミニスカートに向ける。すると、抑えつけられていたふくらみが、ぷるんっと弾む。

佑人はあらわになったお椀型の乳房を掴んでいった。

ぷりっとした手応えに、ペニスがひくつく。若さが詰まった新鮮な揉み心地だ。

思わず、揉みこむ手に力が入る。綺麗なお椀型が淫《みだ》らに形を変える。

すると、うう、と奈緒が眉間《みけん》に縦皺を刻ませた。

ごめん、と力を緩める。乳房がお椀型に戻る。

「ああ、恥ずかしいです……私だけ……なんて……」

立花さんも脱いでください、と奈緒が手を伸ばし、ネクタイを緩めはじめた。

その隙に、佑人はミニスカートに手を伸ばし、ジッパーを一気に引き下げる。

すると、すらりと伸びた生足に沿って、ミニスカートが滑り落ちていった。

奈緒のパンティがあらわとなった。ブラと同じ淡いピンク色だった。色は愛らしかったが、形はなかなかセクシーで、とても小さなフロントがきわどく恥部を覆っているだけだった。

「けっこう大胆なパンティを穿いているんだね」

「あん……このパンティ、今日、買ったんです……富永樹里に負けたくなくて……」

そう言って、奈緒がはあっと羞恥の息を吐き、くなくなと生足をくねらせている。

富永樹里には感謝しなくては、と佑人は思った。

コンペでは最大のライバルとなるが、富永樹里がそのセクシーな身体で積極的な営業活動をやっているお陰で、奈緒が今、佑人の前にパンティ一枚で立っているのだ。

奈緒はかなりの負けず嫌いなのかも知れない。

「奈緒さんの方がずっと綺麗なんだから、色気が出るようになったら、田所専務も富永樹里なんか相手にしなくなるよ」

「ああ、そうでしょうか……」

奈緒はまさに新鮮な若鮎だった。

パンティ一枚のあられもない姿で、奈緒が佑人のネクタイを抜き、ジャケットを脱がせてくれる。

それだけで、殿様になったような気分だ。女性の手で脱がせてもらうのが、こんなに気持ちいいとは知らなかった。

奈緒の手がワイシャツのボタンに掛かる。

佑人は手を伸ばし、わずかに芽吹いたままの乳首を摘んだ。優しくころがす。

すると、あんっ、と甘い声を洩らし、奈緒がなじるように佑人を見つめてきた。

ああ、なんて目で見るんだよ、奈緒。

優しくころがし続けていると、乳首がつんととがりはじめる。

奈緒は、あんっ、と甘い声を洩らしつつ、白くて細い指でワイシャツのボタンを外していく。

ワイシャツを脱がせると、奈緒がTシャツの裾をたくし上げてくる。

佑人の胸板があらわれる。すると、奈緒が佑人の乳首を摘んできた。佑人を真似て、こりこりところがしてくる。

あっ、と佑人は思わず声を洩らしていた。

「立花さんも……気持ちいいですか」

美しい黒目でじっと佑人を見つめつつ、奈緒が聞いてくる。

佑人は答える代わりに、もう片方の乳首も摘み、左右同時に優しくころがした。

「あっ、あんっ……ああ……」

奈緒が火の息を洩らしつつ、佑人の乳首をころがしてくる。

気持ち良かった。たぶん、奈緒の気持ち良さの五分の一程度なんだろうが、それでも、幸せだった。

多岐川地所が誇る可憐な花である青山奈緒と乳首のいじり合いをしているだけで、身体が熱くなっていく。

奈緒がTシャツの裾を引き上げた。佑人も上半身裸となった。

奈緒の手が、スラックスのベルトに向かう。ベルトを外し、フロントのジッパーに手を掛ける。

が、そこで止まる。スラックスを脱がせるということは、トランクスだけになるということだ。トランクスを脱がせれば、ペニスがあらわれることになる。

そんな当たり前のことに気付いたのか、奈緒は、はあっ、と羞恥の息を洩らし、ジッパーから手を引いた。

逆に、佑人は奈緒のパンティに手を掛け、一気に引き下げた。

「あっ、だめっ……」

奈緒の陰りがあらわとなり、奈緒があわてて両手で覆う。

ちらりと見えた下腹の陰りは、薄かった。

「隠しちゃだめだよ」

そう言いながら、太腿から膝へとパンティを下げていく。

「ああ、だって……私だけ裸なんて……ああ、恥ずかしすぎます……」

「じゃあ、僕も脱ぐよ」

と佑人は自らスラックスを下げていく。トランクスがあらわれる。それは見事にテントを張っていた。

それを目にした奈緒が、うそ、と言って、羞恥色に染まった美貌をそらす。

その間に、佑人はトランクスも下げて、裸になった。

そして、恥部を覆う奈緒の右手首を摑むと、ペニスに導いていった。

「あっ、な、なにするんですか」

奈緒は美貌をそらしたままだ。

「触りあいっこをしよう」

そう言って、佑人はこちこちのペニスを奈緒に握らせた。

怖《お》ず怖ずとペニスに白い指をからめた奈緒が、

「ああ、硬い……」

と火の息を吐くように、そう言った。

奈緒の意識が佑人のペニスに向いている隙を見て、佑人は奈緒の恥丘に手を伸ばした。クリトリスを摘む。

すると、あんっ、と敏感な反応を見せて、奈緒がぐいっとペニスを摑んできた。

佑人はペニスをひくつかせながら、クリトリスをころがしていく。

「あっ、あんっ……そこっ、あんっ……」

もっていた。


「あ、あんっ……感じちゃう……ああ、うそ、うそっ……あんっ、どうしてっ」

甘い喘ぎを洩らしつつ、奈緒が白い指で佑人のペニスをぐいぐいしごいてくる。

自分が感じているから、相手も同じように感じさせたい、という奈緒の気持ちがこもっていた。

佑人はクリトリスから指を引くと、割れ目をなぞった。

「ああ……」

奈緒の陰りは薄く、処女の花唇は剝き出しに近かった。

それはぴったりと閉じていた。一度も開いたことがないように見える。

「恥ずかしい……ああ、恥ずかしいです」

恥ずかしい、と言いつつ、奈緒はぐいぐいしごいてくる。

佑人はその場にしゃがんだ。すると、奈緒の恥部が迫ってくる。

だめ、と奈緒が両手で恥部を覆う前に、佑人は魅惑の恥丘に顔を埋めていた。

奈緒の匂いが、佑人の顔面を包んでくる。絹のような恥毛の感触がたまらない。

「ああ、だめです……ああ、恥ずかしすぎます、立花さん……」

奈緒が逃げようとする。佑人は奈緒のヒップに手をまわし、がっちりと捉える。

奈緒の尻たぼの手触りがまた、なんとも素晴らしかった。ぷりっとした肉が、手のひらに吸い付いてくる。

「じっとしていて、奈緒さん」

「あっ、見るんですか」

「そう。見るんだよ」

「ああ、どうしても、見たいんですか」

「どうしても、見たいんだ。見せてくれるよね、奈緒さん」

はい、というかすかな声が頭の上からした。

佑人は奈緒の処女の扉に指を添えると、くつろげていった。

5

目の前に、可憐な花びらがあらわれた。

穢《けが》れを知らないピュアな花びら。

「ああ、なんて綺麗なんだ」

思わず、佑人はそうつぶやいていた。自然と出た言葉だった。

「はあっ、ああ……見ないでください……そんなとこ……ああ、見ないでください」

処女の花びらにじかに佑人の視線を感じるのだろうか、きゅきゅっとした収縮を見せている。

入り口の穴は小指の先より小さく、こんなところに、俺のペニスが入るのだろうか、と心配になるほどだった。

「ここ、誰も見たことないんだね」

「ああ、見てません……立花さんが、はじめてです」

なんと光栄なことだろう。

佑人は味を知りたくて、舌を出すと、花びらをぺろりと舐めた。

すると、うそっ、と言って、奈緒ががくがくと下半身を震わせた。佑人はさらにぺろぺろと舐めていく。

味はあるようなないような、よくわからない。濡れてはいない。無垢《むく》な花びらが、佑人の唾液で汚れていく。

俺の唾液まみれになんかしていいのだろうか、と思ってしまう。

佑人はクリトリスを舌先で突いた。

「あぁっ……」

奈緒が甲高《かんだか》い声をあげた。相変わらず、がくがくと下半身を震わせている。さっきまでは羞恥の震えだったが、今は、気持ちよくて身体を震わせているように見える。

処女とはいえ、奈緒も二十四歳の大人の女なのだ。女の急所は弱いようだ。

もっといい声を聞きたい、と佑人は集中的にクリトリスを舐める。

「あっ、あんっ……だめだめ……あんっ、そこ、だめですっ」

奈緒がすらりと伸びた足をくなくなさせて、火の喘ぎを洩らしている。

敏感な反応に煽られ、佑人はひたすらクリトリスを舐め続ける。

すると、だめっ、と足から力が抜けたように、奈緒がしゃがみこんだ。真っ赤な美貌が目の前に迫る。

どちらからともなく、唇を寄せてキスをした。ねっとりと舌をからめあう。さっきよりも、奈緒も積極的になっていた。

「ベッドに行こう」

と佑人は奈緒の腰に腕をまわし、ぐっと抱えあげた。奈緒が佑人の首に両腕をまわしてくる。

お姫様だっこだ。ベッドまで二メートルほどだったから、よろめかずに、運ぶことが出来た。

全裸の奈緒をベッドに寝かせる。奈緒はちらりと佑人を見やり、すぐに、はあっ、と羞恥の息を洩らして、目をそらす。

反り返った佑人のペニスをちらちらと見ているのだ。

奈緒の美貌を見ていると、しゃぶってもらいたくなる。あの唇に咥えさせたくなる。

「あ、あの……」

「なんですか……」

「ちょっとだけ、いいかな」

そう言って、ペニスをしごいて見せ、奈緒の顔の横に膝をついた。

「フェ……フェラ、ですね」

「そ、そう……」

頼んでいる佑人の方が緊張している。

「はじめてだから……下手《へた》ですよ……それでもいいですか」

しっとりと濡れた瞳で佑人を見上げ、奈緒がそう聞いてきた。

「いいよ、もちろん」

上手とか下手とか関係ない、と佑人は思った。可憐な処女花が、俺のペニスに唇をつけてくれるというだけで、感激することは間違いなかった。

むしろ下手な方がいいだろう。上手だったら、すぐに出してしまいそうだ。

「じゃあ……下手だからって……笑わないでくださいね」

甘くかすれた声でそう言うと、奈緒が美貌を横にねじって、ペニスの先端にくちづけてきた。

「あっ……」

たったそれだけで、佑人は声をあげていた。先端にくちづけたまま、美しい黒目で奈緒が佑人を見上げてくる。

ああ、なんて顔なんだ……。

ペニスにキスしている奈緒の美貌が綺麗に見下ろせている。ＡＶのような素晴らしいアングルである。

奈緒はくなくなと先端に唇を押しつけ続けている。

「舐めて、奈緒」

奈緒はこくんとうなずくと、唇をわずかに開き、ピンクの舌をのぞかせた。そして、ちろちろと先端を舐めはじめる。

「あっ、ああっ、そこ……だめ……」

先端ばかりしつこく舐められ、佑人は腰を震わせる。

「ここはだめなのですか」

と奈緒が先端から舌先を引くと、裏の筋に舌をからませてきた。偶然だろうが、あああっ、と佑人はさらに声をあげる。

「ここもだめですか」

「い、いや、いいよ、そこいいよ。裏筋っていって、感じるところなんだよ」

「うら、すじ、ですか」

奈緒が口にすると、とてもエロく聞こえる。生まれてはじめて口にしたに違いない。

「ここ、いいんですね」

そう言うと、奈緒が再び裏筋に舌をからめてくる。

「あ、ああっ……ああ……」

気持ち良かった。とろけそうだ。

はやくも先端から先走りの汁がにじみ出てきた。それを目にした奈緒が、

「もう、出したのですか」

と聞いてきた。

「いや、違うんだ。これは我慢汁って言うんだ。射精とは違うんだよ」

「がまん、じる、ですか」

奈緒が口にすると、我慢汁も綺麗なもののように思えてくる。

「ああ、どんどんにじんできます」

「そうだね……」

「綺麗にしないと」

と奈緒が先端にピンクの舌を這わせてきた。ぺろぺろと舐め取りはじめる。

「あっ、奈緒っ、そんなっ」

奈緒の舌が佑人の我慢汁で汚れていく。

「痛いですか」

と奈緒が問う。

「まさか……気持ちいいよ……」

と言っている間にも、あらたな先走りの汁が出てくる。

「ああ、また我慢汁が」

奈緒の唇から、我慢汁、という言葉が出るたび、佑人はペニスをひくつかせた。

奈緒は懸命に舐めてくれたが、舐めてくれる行為そのものが我慢汁を出す原因となっているため、舐めても舐めても終わりがなかった。

「我慢しすぎですね、立花さん」

「そうかもしれない。入れるよ、奈緒」

「は、はい……おねがいします」

男性社員垂涎《すいぜん》の的《まと》の青山奈緒に、入れてください、とおねがいされているのだ。

ああ、これは現実だろうか。夢なら、このまま処女を奪うまで、覚めないでいて欲しい、と願う。

「ああ……」

佑人は奈緒の下半身にまわった。すり合わせた太腿を摑み、ぐっと左右に広げる。

奈緒が右手を股間に向ける。佑人はその手首を摑むと、脇へとやり、そしてあらためて無垢な扉をくつろげていく。

「ああ、また見るんですか」

「濡れているかどうか確かめないと」

「そ、そうですね……ああ、さすが立花さんですね……」

奈緒にさすがと言われ、プレイボーイになった気分になる。本当は昨晩、椎名課長のおま×こで、男になったばかりなのに。

奈緒の花びらはさっきまでとは違い、しっとりと濡れていた。これは佑人の唾液ではなく、奈緒が出した蜜である。

舐めたいっ、と思った次の瞬間には、佑人は奈緒の花びらに顔を埋めていた。

「あっ、だめですっ……」

佑人はぴちゃぴちゃと音を立てて、奈緒の蜜を舐めていった。

「ああ、おいしいよ、奈緒の蜜、おいしいよっ」

「本当ですか……あっ、はあっ……奈緒の蜜……ああ、おいしいんですか」

「最高だよ」

淫らな舌音を立てて、佑人は花びらににじんだ蠱惑《こわく》の蜜を舐めていく。

いくら舐めてもきりがない。蜜より極上のご馳走があることに気づき、佑人は顔を上げる。

奈緒の花びらは、佑人の唾液と彼女の蜜でぬらぬらになっている。

もちろん佑人のペニスはびんびんだ。先端はあらたな我慢汁で白くなっていた。それを、はやくも閉じようとする花唇に当てていった。

「入れるよ、奈緒」

「はい……」

奈緒が濡れた瞳で見上げてくる。

佑人は奈緒と見つめ合いながら、狙いを定めた鎌首をぐっと入れていった。

うまく一度で挿入出来た。

「あっ、う、うう……」

野太い先端が、とても小さな入り口をぐぐっと引き裂いていく。

奈緒の眉間に深い縦皺が刻まれる。

奈緒が佑人に向けて、両腕を伸ばしてきた。しがみつきたいのだろう。

佑人はじわじわと鎌首を進めつつ、上体を倒していった。

すると奈緒が佑人の二の腕にしがみついてきた。さらに上体を倒すと、胸板で乳房が押し潰されていく。

「あうっ……痛いっ」

「大丈夫かい」

「痛いです……ああ、大きいから……ああ、入るの、無理かも……ううっ、しれません」

「入るから。安心して、奈緒」

我ながら、処女花に入れつつ落ち着いている。もちろん下半身は興奮の坩堝《るつぼ》で、びんびんのままだ。

「あうっ……」

奈緒がさらに縦皺を深くさせ、強く二の腕を摑んでくる。爪が食い込んでくる。

もちろんだったが、椎名課長のおま×ことはまったく違っていた。美咲の媚肉は佑人のペニスを歓迎し、奥に引きずり込むような動きを見せたが、奈緒の媚肉は拒むような動きを見せていた。

そこを、ぐいっとえぐっていくのだ。

「痛いっ……」

まさに、青山奈緒を征服している気分になる。俺が女にしてやっているぞっ、という気分になる。

窮屈な穴を広げる快感は想像以上だった。痛みに耐えている奈緒の表情を見るのも興奮した。それゆえ、奈緒の中で、ペニスがさらにひとまわり大きくなった気がする。

三分の一ほど挿入出来た。はじめてなのだから、これで充分な気もする。

「全部ください……立花さんのお、おち×ぽ……奥までください」

奈緒が佑人を見上げ、かすれた声でそう言う。

佑人は、わかったとうなずき、腰を突き出す。ぐぐっ、ぐぐっと奥まで入っていく。

「う、うう……うう……大きい……ああ、大きいです」

奈緒の唇から、大きい、という言葉が出るたびに、さらに太くなるような気がする。

ついに、奈緒を貫いた。剛毛と恥毛がからみあう。

まさに一体になった。

「ああ、いっぱいです……ああ、奈緒の中……立花さんのおち×ぽでいっぱいです」

「ああ……奈緒のおま×こ、締めているよ」

「そうなんですか。自分ではわかりません」

「すごく締めているよ」

じっとしているだけでも、気を抜くと射精させてしまいそうだ。

「まだ痛むかい」

奈緒は小さくかぶりを振り、そしてこくんとうなずいた。

「でも……うれしいです……女になれて」

「僕もうれしいよ。奈緒の最初の男になれて」

どちらからともなく、唇を重ねる。舌をからめると、奈緒がそれに応えてくる。すると、おま×こがきゅきゅっと締まってくる。

「ああっ……」

たまらず、佑人は声をあげた。

このままだとまったく突かずに、果ててしまいそうだった。それでは奈緒の征服も中途半端になりそうな気がして、抜き差しをすることにした。

先端を引いていく。エラが狭い媚肉を逆からこすり上げていく。

「あう、うう……」

奈緒がぐっと指を二の腕に食い込ませてくる。

少しだけ引き上げると、今度はぐぐっと突き刺していく。

「痛いっ……」

奈緒が苦悶のうめきを洩らしても、佑人は腰の動きを止めなかった。むしろ、もっと痛さに耐える表情を見たい、と抜き差しの動きをはやめていく。

「う、ううっ……うう……」

いい女は笑顔より、苦痛に耐える表情の方がよりそそることを知る。

いい顔だ、奈緒。

「あう、うう……痛い、痛いっ……ああ、あうっ……」

「ああ、出そうだ、奈緒」

「うう、ください……ああ、奈緒にください」

「ああ、いくよ、いくよっ」

「はいっ……」

おうっ、と吠え、佑人は射精させた。

どくどく、どくどく、と青山奈緒の子宮にザーメンを浴びせかけていく。

昨晩は、椎名美咲、そして今夜は青山奈緒の媚肉をザーメンまみれにさせた。

盆と正月が同時に来たような感じだった。

奈緒の目元から、涙がひと筋流れていった。

「大丈夫かい」

「はい……ありがとう、立花さん」

「奈緒……」

幸せすぎて、佑人も目を潤ませていた。

第四章　蜜くらべ

1

佑人は奈緒が処女を失い、女になったからといって、すぐに色香は出るまい、と思っていたが違っていた。

翌日、羽田空港で会った奈緒は、しっとりとした女の色香をにじませていた。

服装自体は紺のジャケットに紺のスカート。パンツをスカートに変えただけだ。それも超ミニではなく、膝小僧が出る程度の長さだ。もちろん、ストッキングに包まれている。

ごく普通のＯＬの服装と言える。それでも、奈緒からは匂うような色気が出ていた。

富永樹里のようなむせんばかりの色香ではなく、上品な色気であった。

「どうしたんですか。じろじろ見ないでください。なんだか、恥ずかしいです」

奈緒が頬を赤くして俯《うつむ》く。そんな仕草《しぐさ》がまた愛らしい。

「驚いたよ。色気が出てきたよ、青山さん」

「そうですか……」

「これなら、富永樹里に勝てるぞ」

「勝てますか」

「間違いないよ」

士気をあげるためではなく、本心からそう思った。

「でも……あの……スカート丈、これでいいでしょうか」

富永樹里は常にミニ丈で、自慢の脚線美を見せつけている。

「それでいいよ。いや、もう少しだけ短めがいいかもしれない」

こうですか、と奈緒は空港の出発ロビーで、スカートの裾を摑み、たくし上げはじめる。

ストッキングに包まれた太腿が雑踏の中にあらわれ、佑人の方があわてる。

「それくらいがいいと思うよ」

「わかりました」

飛行機に乗り込む時には、すでに奈緒はスカートの裾を少しだけ上げていた。ちょっと太腿の露出が増えただけで、格段に女としての魅力が増していた。原石がいいだけに、磨けば磨くほど、輝きを増すのだ。

M市に向かう飛行機の中は、佑人にとってちょっとした地獄だった。

すぐ隣に奈緒がいる。それは、前回の出張の時とまったく変わらないシチュエーションだったが、状況がまったく違っていた。

すでに奈緒とエッチをしている。奈緒の唇の感触も、おっぱいの揉み心地も、あそこの匂いも、あそこの締め付け具合も知っているのだ。

そして前回と違い、たくしあがったスカートの裾から、おいしそうな太腿が露出している。ちょっと手を出せば、届くのだ。

前回の時のような単なる同僚の関係なら、太腿がそばにあっても、これほどまでに、苦悩することはないだろう。

触れるかもしれない。触っても、拒まれないかもしれない。でも、慣れ慣れしく触ってはいけない。

そんなことをうじうじと考えていると、変になりそうだ。しかも、前回までは汚すことが憚《はばか》られる清楚な花だったが、今は、大人の女の色香をにじませている。

ちらりと横を向き、資料に目を通している奈緒の横顔を目にするだけで、スラックスの下でペニスがひくついていた。

奈緒はそんな佑人の苦悩を知ってか知らずか、ずっと資料を見ていた。


M市に着くと、すぐに矢島建設に向かった。すでにアポも取ってある。

佑人は女社長の瑠美子と会うことになっていたが、田所専務の方は、時間が合えば奈緒と会ってもいい、という返事だった。

矢島建設を訪ねると、瑠美子はいたものの、案の定専務は不在だった。

「専務は、たぶん、ゴルフよ。西山カントリークラブっていう所」

と瑠美子が教えてくれた。

「私、そこへ行ってきます。立花さんは、社長と打ち合わせを進めていてください」

奈緒はそう告げて、決然と矢島建設を出ていった。

2

奈緒がクラブハウスで待っていると、コースを回り終えた田所が戻ってきた。富永樹里がいっしょにいる。

富永樹里は半袖のポロシャツにタイトな超ミニ姿だった。もちろん、生足だ。

すらりと伸びた脚線は、女の目から見ても眩《まぶ》しかった。

田所が奈緒に気がついた。

奈緒は近寄り、

「多岐川地所の青山です」

と頭を下げた。

田所は前回同様、上から下まで、奈緒の肢体を舐めるように見つめた。

奈緒はジャケットの内ポケットから名刺入れを取り出し、名刺を田所に向かって差し出した。

すると、前回は受け取らなかった田所が受け取った。それを見て、樹里の美貌がくもる。

「M市の再開発のコンペ。是非とも、御社と共同で参加したいと思いまして、こうしてお伺《うかが》いしました」

「そうか」

田所の視線は、名刺から、スカートからちらりとのぞく奈緒の太腿に向いている。

「じゃあ、そこでいいなら話を伺いましょう」

と田所が言った。

ありがとうございます、と奈緒は頭を下げた。

田所が先を歩く。

「ちょっとは色気が出てきたようね」

と樹里が声を掛けてきた。

「富永さんには敵《かな》いません。でも、私は別に女を武器にして営業をするつもりはありません。ファッションとして、パンツからスカートに変えただけです」

「あらそうなの。誤解しているようだから、言っておくけど、私、田所専務とエッチはしていないわよ」

「そうですか」

「女性社員がエッチして、それで契約が取れるほど、甘くはないのよ」

樹里は妖艶な笑みを奈緒に向けて、先を歩きはじめた。

ミニから伸びる生足は、女の目から見ても惚れ惚れするほど綺麗で、なによりセクシーだった。

奈緒はクラブハウスで、資料を出して、今回の再開発事業のコンペに賭ける多岐川地所の意気込みを語った。

「是非とも、御社と共にM市の再開発に携わりたいと切望しています」

「そうだな。ただ、郷島組も我が社とやることにとても熱心なんだよ」

そう言って、田所がちらりと隣のテーブルを見やる。そこに、樹里が座っていた。

半袖のポロシャツの胸元が、高く突きだしている。足を見せなくても、ポロシャツ姿だけで充分過ぎるくらいセクシーだった。

「弊社と是非とも、お願いします」

「今夜、富永くんと飲む予定なんだが、そこに、青山さんもいらっしゃい。そこでまた、コンペの話を聞かせてもらおう。片方からだけじゃなくて、いっしょに聞いた方がいいだろう」

「わかりました。よろしくお願いします」

奈緒はやはり、スカートの丈はもっと短くした方がいいと思った。

3

その夜、佑人は瑠美子と飲んでいた。

瑠美子自体は多岐川地所と組む気充分で、後は、青山奈緒がどうやって田所専務を口説き落とすかにかかっていた。

今夜は夕食に呼ばれたと聞いていた。郷島組の富永樹里といっしょらしい。

頑張ってくれよ、奈緒。

「ねえ、K高校に行ってみない？」

と瑠美子が言い出した。今夜はすでにかなり酔っていた。最初からピッチがはやかったのだ。

「いいけど……」

「じゃあ、行こう」

居酒屋を出てタクシーを拾う。後部座席に並んで座ると、すぐに瑠美子が肩に寄りかかってきた。

瑠美子はワンピース姿だった。裾が短めで、たくしあがった裾から、パンストに包まれた太腿がのぞいている。

高校の時はただの太腿だったが、十年経った今は、セクシーな魅力に満ちている。

佑人は矢島建設と組むためだけに、女社長の瑠美子と肉体関係を持ちたくはなかった。でも、あの卒業式の夜を取り戻すためなら……。

Ｋ高校が見えてきた。すると、十八の頃がとてもリアルに蘇る。
ボーイッシュな瑠美子。それでいて、胸だけはやたら大きかった。瑠美子とエッチしたいと毎日思っていた。

でも、キスすら出来なかった。そして、卒業式の夜、瑠美子の部屋でファーストキスをし、フェラまでしてもらった……でも、母親がはやく帰宅して、最後まで出来なかった……。

タクシーを降りた。

午後九時をまわっている。当然のこと、高校はひっそりとしていた。

月明かりに浮かぶ校舎を見上げつつ、瑠美子がそう言う。

「懐かしいね」

その横顔が、高校の頃の瑠美子に戻った気がした。

佑人は瑠美子のあごを摘み、こちらを向かせるなり、その唇を奪った。それは衝動的な行動だった。

瑠美子は佑人のキスを受け、しがみついてきた。

十年ぶりの瑠美子とのキス。ファーストキスの味は覚えていないが、今味わっているキスは甘くて濃厚だった。

この十年の間に瑠美子は人妻となり、そして未亡人となった。

身体の疼《うず》きを訴えてくるようなキスだった。

「中に入ってみない？」

「えっ」

瑠美子が少女のような顔になる。さっきまで熟れた未亡人の顔をしていたのに……。

瑠美子は佑人の返事を待たず、正門を昇りはじめる。

ワンピースがぴたっとお尻に貼り付き、むちっと盛り上がった双臀の形が露骨に浮き上がる。

足を上げるたびに、裾がたくしあがり、パンストに包まれた太腿が付け根近くまであらわとなっていく。

そんな瑠美子の後ろ姿を、佑人は生唾を飲みつつ、見つめていた。

瑠美子は器用に柵《さく》を上がり、ふわりと校庭に飛び降りた。

「はやく、佑人くんもおいでよ」

と瑠美子が正門の向こうから手招く。

高校の頃に戻ろうよ、と誘われている気がした。佑人はブリーフケースを瑠美子に向かって投げた。正門を飛び越え、瑠美子がキャッチした。

佑人も正門を昇りはじめた。正門ががたがた揺れる。視界が上がり、佑人は正門の天辺まで上がった。

「上手じゃない、佑人くん」

と瑠美子がブリーフケースを胸元に抱いて、こちらを見上げている。

瑠美子の顔が高校の頃に戻る。佑人は十年前に向かって飛び降りた。

「こっちっ」

と瑠美子がブリーフケースを持ったまま、走りはじめる。

ワンピースの裾からのぞくふくらはぎは、やはり熟れた未亡人のものだ。

ダメ元で試すと、校舎の端の扉が開いた。東京では考えられないが、この辺りではまだ管理が大らかなのかも知れない。警備会社に通報されたりすることも、なさそうだ。

「入ってみようよ」

そう言って、瑠美子が中に入る。廊下を進むと、職員室、校長室と並んでいる。

瑠美子がこちらを向いた。少女のような表情だ。それでいて、ワンピースに包まれた身体からは、むんむんとした大人の女の色香が漂っている。

「校長室、入ろうよ」

佑人が返事をする前に、瑠美子が校長室の扉を開き、中に入った。

「おいっ、瑠美ちゃんっ。まずいよっ」

中をのぞくと、瑠美子が応接セットのテーブルに腰を下ろして、こちらを見ていた。

その瞳は、妖しい絖りを湛《たた》えていた。

ワンピースの裾が大胆にたくし上がり、パンストに包まれた太腿がのぞいている。

それは、タクシーの中で見た時より、数倍、そそった。

佑人はその太腿に誘われるように、校長室に入っていった。思えば、高校時代は一度も入ったことがない部屋だった。

まさか、卒業して十年経って、未亡人となった同級生と夜中に忍び込むとは想像もしていなかった。

「ここで、卒業式の夜の続きをやろう」

と瑠美子が言った。

「あの夜の……続き……」

「そう。ママが早く帰って来て、途中までになっちゃったでしょう」

「そうだね……」

瑠美子の母親がはやく帰宅して、あせって入れることが出来ずに、外に出してしまった。

「あの日できなかったこと、してみない？　佑人くん」

そう言って、瑠美子がワンピースのボタンを白い指で外しはじめた。

胸元がはだけ、黒のブラに包まれた豊満なふくらみがあらわれる。

「瑠美ちゃん……」

ブラからはみ出た白い隆起を目にしただけで、佑人は勃起させていた。

十年前とは違っていた。十年前はただただ大きいだけだった。今は、深い乳房の谷間から、むせんばかりの色気が漂っていた。

瑠美子はさらにワンピースのボタンを外していく。お腹があらわれ、縦長のセクシーなへそが、佑人の視線を引き寄せる。

すべてのボタンを外し終えると、パンスト越しにパンティが透けて見えた。ブラと同じ黒だ。

佑人は下着姿になった瑠美子に誘われるように、近寄っていった。

瑠美ちゃんっ、とテーブルの上に押し倒す。そして、ブラを引き剝いだ。

ぷるんっとたわわに実った乳房があらわれる。十年前と違い、すでに乳首はとがっていた。卒業式の夜とは違い、この乳首を佑人以外の男が吸ってきたのだ、と思うと、嫉妬が湧き上がった。

佑人は瑠美子の乳房に顔を埋めた。膨らんだ乳首を口に含み、じゅるっと吸い上げ込む。

するとすぐに、あんっ、と瑠美子が敏感な反応を見せた。

佑人は乳首を吸いつつ、右手でもう片方の乳房を掴む。ぐぐっと五本の指を埋め込む。やわらかかったが、押し返してくる。揉み応えのある乳房だ。

乳房を揉みまくっていると、さらに乳首がとがっていく。

「すごい勃《た》っているね、乳首」

「ああ……恥ずかしいわ……」

瑠美子が火の息を吐き、頬を赤く染める。するとまた、高校の時の顔に戻る。

佑人はパンストに手を掛けた。お尻の方から剝き下げると、黒のパンティが貼り付く恥部があらわれる。

縦の割れ目が当たっている部分に、染みが出来ていた。

「すごく濡らしているね」

佑人がそう言うと、うそ、と瑠美子が自分の股間に目を向ける。割れ目の染みに気付き、いやっ、と両手で隠そうとする。

佑人はパンティのサイドを持つと、ぐっと引き上げた。

割れ目にパンティが食い入っていく。と同時に、染みが濃くなっていく。

「い、いや……やめて……ああ、恥ずかしすぎるわ……」

食い込ませつつ、パンティを左右に動かすとクリトリスにこすれるのか、瑠美子がはあっと熱い喘ぎを洩らしはじめた。

「エロいね、瑠美ちゃん」

「あんっ……だって……未亡人だもの……」

「未亡人というのは、みんなエロいのかな」

「そうよ……あんっ、未亡人は……あ、あんっ、みんなエロいの……」

佑人はパンティを動かしつつ、パンティの上からクリトリスを突いた。

すると、あんっ、と瑠美子の熟れた身体がぶるっと震えた。

佑人はパンティを引き下げるなり、瑠美子の恥部に顔を埋めていった。発情した未亡人の牝の匂いが顔面を包んでくる。

そうだ、これはまさに牝の匂いだ。十年前の少女の匂いとは違う。

佑人はクリトリスに舌を向けた。ぞろりと舐め上げる。

「あんっ、あっ、あっんっ……」

瑠美子の腰ががくがくと動く。

佑人はクリトリスを舐めつつ、人差し指を割れ目の中に忍ばせていった。

「あっ、だめっ……」

瑠美子の中は、想像以上にぬかるみ状態だった。燃えるような粘膜が、佑人の指を歓迎してくる。

佑人はいきなりもう一本、指を入れていった。

「あんっ、いきなり二本なんて……あっ、あんっ……だめ……」

だめ、と言いつつも、瑠美子の媚肉は中指も歓迎してくれる。

佑人は二本の指で、瑠美子の媚肉を搔き回していく。すると、ぴちゃぴちゃと淫らな蜜音がした。

「エロい音が聞こえるよ、瑠美ちゃん」

「ああ……ごめんなさい……ああ、卒業式の夜とは……ああ、私の身体が……ああ、ぜんぜん違っているわね……」

「僕だって変わったさ」

二本の指を抜いた。ねっとりと愛液が糸を引く。それをじゅるっと舐め取った。

「あんっ……恥ずかしい……」

瑠美子がテーブルの上で、熟れた裸体をくねらせる。

佑人は魅入られたようにジャケットを脱ぎ、ネクタイを外して、素早く全裸になった。

4

勢い良く、勃起したペニスがあらわれる。

「ああ、すごいわ、佑人くん」

瑠美子が熱い眼差しで、隆々としたペニスを見つめてくる。

そのまま彼女は身を起こした。

「そのままでいて」

と言うと、瑠美子は裸のまま、たわわな乳房を揺らしつつ、テーブルの下に膝をついていった。

そして、仁王立ち状態となった佑人の股間に、色香をにじませた美貌を埋めてきた。

「あっ、瑠美ちゃん……」

いきなり鎌首を咥えられ、じゅるっと吸われた。

当たり前だが、十年前の拙いフェラの真似事とはまったく違っていた。

ただ鎌首を吸うのではなく、舌をねっとりと先端にからませていた。と同時に、ペニスの根元をしごいてくる。

「あ、ああっ……」

佑人は腰をくなくなさせていた。気持ちよくて、とてもじっとしていられない。

瑠美子がいったん鎌首から唇を引いた。佑人を見上げつつ、裏の筋に舌腹を這わせてくる。

「ああ、瑠美ちゃん……」

ただただ先っぽだけを舐めていた十年前の瑠美子とは違う。けれど、学校の中にいるせいか、しゃぶっているのが高校の頃の瑠美子に見えてしまう。

高校の頃の瑠美子が、ねっとりとペニスにからむようなフェラを見せている錯覚を感じる。

すると、どろりと先走りの汁が出た。それを見た瑠美子が裏筋を舐めつつ、白くて細い指で、鎌首をなぞりはじめた。

我慢汁が潤滑油のような働きを見せ、あらたな刺激を受ける。

「あっ、そこっ、ああっ……」

二カ所責めを受けているようで、佑人はさらに腰をくねらせる。

瑠美子が再び咥えてきた。今度は、反り返った胴体の半ば近くまで呑み込んでくる。

そして、優美な頬を窪《くぼ》ませ、じゅるっと吸い上げてきた。

「ああ、いいよ……瑠美ちゃんっ」

入れたくなる。ねっとりと吸われれば吸われるほど、瑠美子の熱い蜜壺にペニスを入れたくなる。

瑠美ちゃんっ、と佑人はその場に瑠美子を押し倒した。校長室の床だ。

閉じようとする太腿をぐっと開き、間に腰を入れる。

そして、瑠美子の唾液で絖った先端を、割れ目に当てていく。

「今夜はちゃんと入れてね」

頬を赤らめつつも、瑠美子がそう言う。

佑人はうなずく。数日前の佑人だったら、あせったかもしれないが、椎名課長で晴れて男になり、青山奈緒をこのペニスで女にしたのだ。

あらためて思うと、なんという素晴らしい女性遍歴ではないのか。遍歴とはいっても、ここ数日のことではあるが。

童貞を卒業して、一気に女運が上がった気がする。椎名課長が上げマンなのだろう。

ありがとうございます、課長。必ずや課長の期待に応え、矢島建設を落として見せます。

東京方面に向かって心の中でそう言うと、佑人は先端で割れ目をえぐっていった。

「あっ……ああっ」

ずぼり、と瑠美子の中に入っていく。

さっきまでよりさらにぐしょぐしょになっていた。フェラをして、濡らしたようだ。

「ああ、熱いよ、瑠美ちゃん」

ぐぐっと奥まで突き刺していく。未亡人の肉襞がざわざわとからみつき、きゅきゅっと締めてくる。

「硬い……ああ、硬いわ、佑人くん」

佑人は腰を摑むと、抜き差しをはじめる。割れ目からあらわれる胴体は、はやくも瑠美子の唾液から愛液へと塗り変わっている。

この十年の女体の変化を感じる。瑠美子はもうあの頃の瑠美子ではない。でも今、佑人はあの頃の瑠美子を思い、突いていた。

最初の女になるはずだった瑠美子の媚肉を突いていた。

「あっ、ああっ……佑人くんっ……ああ、ああっ」

ひと突きごとに火の息を吐きつつ、瑠美子が両手を伸ばしてきた。

ぐぐっと奥までえぐりつつ、佑人が上体を倒すと、瑠美子が二の腕にしがみついてくる。

「瑠美ちゃんっ。ああ、気持ちいぃよ」

「ああ、私も気持ちいい……ああ、佑人くん、やっとひとつになれて、うれしいよ」

「僕もだよ」

どちらからともなく、唇を合わせる。ねっとりと舌をからませつつ、佑人は激しく突いていく。我ながら、ここ数日で一気に成長したと思う。

「ああっ、いいっ、おち×ぽいいっ」

唇を離すと、瑠美子が叫ぶ。

「声、大きいよ」

「ああっ、誰もいないわっ……おち×ぽ、いいのっ」

瑠美子が両腕を万歳するように上げて、よがり泣く。あらわになった腋の下がなんともエロい。

佑人はぐいぐい突いていく。突くたびに、たわわな乳房が前後に揺れる。乳首はとがりきったままだ。

「あ、ああ……いきそう……ああ、いきそうなのっ」

「瑠美ちゃん……」

いきそう、と瑠美子が口にしだした途端、おま×この締め付けが強烈になってきた。

佑人の突きの動きが鈍っていく。

「あんっ、じらさないでっ……あんっ、もっと、強く、おねがいっ」

佑人はからみつく肉襞の群れを引き剝がすようにして、ずどんっと突いていく。

「いいっ、いいっ……すごいよっ、佑人くんっ」

いつもなら、もう射精しそうになっているだろう。けれど、今夜の佑人はたくましい男となっていた。十年前、佑人に悪戯をした神様が、今夜は味方をしてくれているのかもしれない。

「ああっ、うれしいよっ……ああ、佑人くんがっ……ああ、こんなにすごい……ああ、男になって……」

「瑠美ちゃんっ」

「あ、ああ、いきそう……ああ、も、もうだめっ……ああっ、だめっ」

いくっと叫び、瑠美子が上半身を弓なりにさせた。下半身はがくがくと震えている。

強烈な締め付けを根元に感じ、佑人も、

「おうっ」

と吠えていた。大量の飛沫が噴き出す。

それを受けて、瑠美子が続けて、いくっ、と気をやった。

どくどく、どくどく、とめどなくザーメンが噴き出していく。十年ぶん溜まりに溜まったものが、瑠美子に注ぎこまれているような気がした。

「ああ……やっと卒業出来たね」

瞳を開き、瑠美子がはにかむような笑みを見せた。高校時代の瑠美子そのものの笑顔を見て、佑人のペニスが瑠美子の中でひくついた。

5

同じ頃、青山奈緒はM市郊外の高級料亭の離れにいた。地方都市でも、こういった店の需要は多いのか、料亭の個室はすべて埋まっているようだった。

座敷の上座に田所専務が座り、その右隣に富永樹里が座って、ずっと、焼酎の水割りを作ってやっている。

「富永くんが作る水割りは、うまいな。割り加減が絶妙だ」

男性のために水割りなど作った経験がない奈緒は、指を咥えて見ているだけだ。

「僕には若返りの秘訣があってね」

「なんでしょうか」

と奈緒が聞く。奈緒の美貌はビールの酔いでほんのりと赤く染まっている。

「蜜だよ」

「蜜、ですか……プロポリスですか」

「多岐川地所の娘は、面白いことを言うな」

田所が笑い、隣に侍《はべ》る樹里の太腿に手を置く。超ミニはたくしあがり、網タイツに包まれた足は、付け根近くまであらわになっていた。

そう。郷島組の富永樹里は超ミニに網タイツ姿で料亭の離れにあらわれたのだ。

さっきまで着ていたジャケットも、暑いわ、と言って脱いでいた。下はブラウスだったが、長袖ではなく、ノースリーブだった。

カントリークラブの時と変わらぬ姿の奈緒は、最初から差を付けられていた。

しかも、樹里は隣に座り、ずっと水割りを作ってやっている。奈緒はテーブルを挟んで下座に座っている。

「若返りに蜜と言えば、まん汁に決まっているだろう」

「ま、まん……じる……ですか」

「青山くんのまん汁を賞味させてくれないか」

「私の……まんじる……ですか」

まんじる、の意味が、にわかにはわからなかった。

蜜……私のまんじる……若返り……。

あっ、と田所が言っている意味に気付き、奈緒は首筋まで赤くさせた。

「可愛いのね、青山さん」

と樹里が言う。なにも知らない子供なのね、と言われているようで、悔しい。

「賞味させてくれるよな」

「そ、それは……」

そんなこと……駄目だと思った。私はあくまでも正攻法で、矢島建設との契約を勝ち取りたいと思っていた。

樹里が立ち上がった。

「専務、どうぞ」

と言う。

「じゃあ、先に、郷島組の蜜を賞味するとするかな」

そう言うと、田所がミニの裾をめくった。するといきなり、パンティがあらわれた。網タイツは太腿の付け根ぎりぎりまでを包んでいた。

「ほう、スケベなパンティじゃないか、樹里くん」

シースルーのパンティが、べったりと樹里の恥丘に貼り付いていた。透けて見える恥毛が、女の目から見てもエッチだ。樹里の恥毛は濃かった。

田所がパンティに手を掛け、毟り取った。樹里の恥部があっさりとあらわとなる。

思えば、ミニスカ姿の女性の恥部はなんて無防備なのだろうか。

ミニの裾をめくり、パンティを取れば、すぐに大切なところがあらわになるのだ。

田所が割れ目を飾る恥毛を梳《す》き分け、くつろげていく。

すると、奈緒の目に、樹里の媚肉が映った。いやっ、と言ったのは、奈緒の方だ。思わず美貌をそらす。

あんっ、という甘い声がして、奈緒は視線を戻した。すでに田所が樹里の恥部に顔を埋めていた。じゅるじゅると樹里の蜜を啜《すす》っている音が聞こえてくる。

うそ……富永さん……あそこ、濡らしているの……どうして、濡れるの……。

「あっ、あんっ……だめです、専務……あんっ、恥ずかしいです……」

股間だけをあらわにさせた樹里が、セクシーな美貌を真っ赤にさせて、羞恥の息を吐いている。

とても恥ずかしそうだ。でもきっと演技なはずだ。いや違う気もする。本当に恥ずかしがっているように見える。

「ああ、郷島組の蜜はうまいな、樹里くん」

「ありがとうございます……ああ、専務に舐めていただいて……うれしいです」

樹里は全身で恥じらっている。じっと羞恥に耐えて、田所に恥部を委ねているように見える。演技ではない気がする。演技ではないから、田所も燃えるのだ。

「多岐川地所の蜜はどうかな」

そう言って、田所が奈緒に顔を向ける。口のまわりは樹里の愛液でねとねとだ。

「あの……その……」

パンツからスカートに変え、太腿を出すことは出来たが、あそこを舐めさせるなんて、出来ないと思った。

そもそも女の身体を武器にして契約を取るのは、奈緒の流儀ではない。

「そうか。つまらんな」

そう言うと、田所は再び、樹里の恥部に顔を埋めていく。

「あっ、あんっ……そんなっ……あんっ、だめです、専務」

樹里の下半身ががくがく震えている。感じているというより、恥ずかしすぎて震えているようだ。

私は勘違いをしているのかもしれない。樹里は田所が望むから、恥ずかしさに耐えて、それに応えているだけなのだ。パートナーにしたい相手が望むから、全身でそれに応える……。

女の身体を武器にしているのではなく、相手が望むなら、それに応えようとしているだけなのだ。

私も応えなくては……お願いしますだけでは、契約は取れない。

奈緒は立ち上がった。そして田所のそばに向かう。

「田所専務、多岐川地所の蜜も……ああ、どうか、ご賞味ください」

「ほう、そうか」

紺のスカートからのぞく太腿をちらりと見るものの、すぐに、樹里の股間に戻る。

「専務……」

「自分で、おま×こを出すんだ」

「そ、そんな……」

自分の手でスカートをめくり、パンストとパンティを下げて、どうぞ、と差し出せと言うのだ。

そんなこと、出来るわけがない。

奈緒は泣きそうな顔になる。そんな奈緒を樹里が妖しく潤ませた瞳で見つめてくる。

どうせ、お嬢様にはなにも出来ないでしょう、といった表情を見せる。

出来ますっ。私はもうりっぱな女だし、あなたなんかには絶対負けませんっ。

「あっ、そんなっ、奥まで舌を入れるなんて、あんっ、恥ずかしすぎます……だめっ」

と樹里がその場に崩れていった。それでも、田所は樹里の恥部から顔を離さない。

おま×こを舐めたまま、上体を倒していく。

奈緒は相手にされないままだ。清水《きよみず》の舞台から飛び降りる気分で、蜜を舐めてください、と言ったのに、スカートをめくってさえこないのだ。

このままでは、郷島組の勝ちだ。すごすごと東京に戻りたくはない。

奈緒はスカートのサイドのホックを外し、ジッパーを下げていった。

すると、支えを失ったスカートが、パンストに包まれた足を滑り落ちていく。

スカートが足首にからまると、田所がやっと樹里の恥部から顔を上げた。

ベージュのパンストが貼り付く下半身を目にして、ほう、と田所の目が光った。

パンスト越しに、パンティが見えている。パンティは淡いピンクだ。

「どうした、青山くん。それじゃあ、蜜は舐められないぞ」

「田所専務が……おねがいします」

恥ずかしくて、蚊の鳴くような声しか出ない。

「俺に脱がせてもらいたいのか」

「はい……おねがいします……」

仕方がないな、と言いつつ、田所が奈緒の足元に膝を進める。そしていきなり、パンスト越しに、奈緒の恥部に顔を埋めてきた。

「あっ……」

不意をつかれ、奈緒は反射的に腰を引いた。すると、じっとしているんだ、とぱしっとパンスト越しにヒップを張られた。

「あうっ……」

お尻なんて、生まれてこの方、張られたことなどない。

しかも、下着越しである。屈辱以外のなにものでもないはずだった。

でも違っていた。もちろん屈辱は感じていた。でもそれだけではなかった。

「ああ、たまらんなあ」

田所は嬉々《きき》とした顔で、ぐりぐりとパンスト越しの恥部に鼻を押しつけている。

「はあっ、ああ……」

甘くかすれた喘ぎがこぼれ、奈緒自身が驚いた。

田所がパンストに手を掛けてきた。ヒップから剥くように下げていく。そして、パンティもすぐに毟り取った。

「あっ、だめです……」

ヴィーナスの恥丘があらわになり、奈緒は思わず両手で覆っていた。

「多岐川地所の蜜も舐めて欲しいんじゃなかったのかい、青山くん」

「ご賞味……して……いただきたい……です」

「じゃあ、手をどけないと」

「はい……」

わかっていたが、恥丘から手をずらせない。

「樹里くん。悪いが、手伝ってくれないか」

はい、と樹里は立ち上がり、奈緒の背後に立つと、両手首を摑んできた。そして、ぐぐっと万歳させるように引き上げた。

あっ、と思った時には、田所が奈緒の恥丘にじかに顔を埋めていた。

割れ目を広げられ、昨日、女になったばかりの花びらをのぞかれた。

「ほう、これはまた、新鮮なおま×こだな」

田所の息を、おんなの粘膜にじかに感じ、奈緒は生きた心地がしない。契約のために、こんなことまでしなくてはならないのか。

いやっ、と田所を蹴り倒し、ここから逃げることが出来ればどんなにいいだろう。でも逃げられない。逃げたら、負けだ。

ぺろり、と花びらを舐められた。

「あっ、だめです……」

嫌悪感に耐えられないかも、と思っていたが、そうでもなかった。

田所はぺろぺろと熱心に、奈緒の花びらを舐めてくる。

「あ、ああ……いけません……ああ、こんなこと……ああ、いけません、専務」

いけません、という声が甘くかすれていた。これでは、もっとしてください、と言っているようなものだ。

「あら、意外と感じやすいのね」

両腕を摑んでいる樹里が、背後から、奈緒の耳元で囁く。

「あんっ……」

奈緒は樹里の息にも反応してしまっていた。

「おう、蜜がどんどん出てくるぞ、奈緒くん」

田所が嬉々とした顔で、再び、奈緒の割れ目に顔を埋めてくる。割れ目を大きく開き、女になったばかりの媚肉の奥まで舌先を入れてくる。

「あっ、ああ……」

おぞましさを感じたのは、最初だけだった。奈緒は田所専務の舌技に、身体を熱くさせていた。自分でも愛液がどろりとあふれていくのがわかる。

蜜をご賞味ください、と恥まみれになっているのだから、蜜は出た方がよかった。からからだったら、田所を怒らせるだけである。だから、感じた方がいいのだ。けれど、奈緒は自分の身体の反応が嫌だった。

「青山さん、女というのは、濡れるものなのよ」

奈緒のとまどいを敏感に察知したのか、樹里が熱い息を吹きかけるように、そう言った。

「処女ではないが、女になってまだ日が浅いな、奈緒くん」

蜜を舐めただけで言い当てられて、奈緒は驚く。

「どうなんだい」

「はい……専務のおっしゃる通りです」

「やっぱりな」

言い当てられて、田所はうれしそうだ。

「あ、味は……いかがですか……」

と気になることを、奈緒は聞いた。

「もぎたてのイチゴのようだな。樹里くんの蜜とはまた違った味で、素晴らしいよ」

「あ、ありがとう、ございます……」

蜜の味を誉められて、奈緒はほっとしていた。と同時に、こんなことをしている自分を嫌悪する。

私は女の身体を武器にして営業はしたくない。けれど、正攻法の営業では、相手にしてくれない。富永樹里には負けたくない。だから、蜜を啜らせるしかないのだ……。

「ああ、郷島組も多岐川地所もうまかったよ」

そう言って、田所は上座に戻り、手酌でビールを注ぐと、うまそうにごくりごくりと飲んだ。

奈緒はパンストを引き上げた。直穿《じか》きである。毟り取られたパンティは、サイドの紐が切れてしまって、もう穿けなかった。

「専務、おつらいのではないですか」

樹里がそう言って、田所の股間に手を伸ばしていった。

「そうだな」

「お立ちください」

田所が言われるまま立ち上がると、樹里が白い指でスラックスのジッパーを下げはじめた。

「富永さん……」

ここで、エッチをするのだろうか……いや、樹里はエッチはしていない、と言っていた。

『女性社員がエッチして、それで契約が取れるほど、甘くはないのよ』

樹里の言葉が蘇る。

田所のペニスがあらわれた。樹里の白い指でしごかれ、瞬《また》く間に天を突く。

「あっ……」

奈緒は思わず、視線をそらす。

「俺のち×ぽはどうかな、奈緒くん」

えっ、と奈緒は田所の股間に視線を向ける。

「とても……たくましい、お、おち×ぽです」

見事に反り返ったペニスは、隆々としている。ペニスを見るだけで、田所が矢島建設の実質的支配者だとわかる。

このペニスを落とした方が、矢島建設と組めるのだ。

樹里がペニスの先端に唾液を垂らしていく。ぬらりとなった先端を、左手の手のひらで包み、まわすように動かしはじめる。

すると、田所が、あああっ、と女のような声をあげて、腰をうねらせはじめた。

「ああ、たまらんっ……」

樹里は右手で胴体をしごきつつ、左手の手のひらで先端を撫で続ける。

「しゃ、しゃぶってくれないか、樹里くん」

「どうしようかしら」

樹里は妖しく潤ませた瞳で専務を見上げて、両手でペニスを責め続ける。

「あ、ああっ、頼む、樹里くんっ……しゃぶってくれっ」

「じゃあ、再開発事業のコンペのパートナーに、郷島組を指名してくださいますか、専務」

「そ、それは……社長の承諾も得ないと……私だけでは決められない」

そうですか、と樹里が両手をペニスから引き上げた。

田所のペニスの先端は、いつの間にか先走りの汁だらけとなっていた。ぴくぴくと動いている。

「舐めてくれ、樹里くんっ」

「郷島組を指名してくださいますか」

胴体をしごきつつ、樹里が聞く。

「さきっぽを、ああ、舐めてくれないか、樹里くん」

鈴口《すずぐち》からはあらたな汁がにじみ出ている。

「郷島組と組みたいでしょう」

そう言いながら、樹里が再び、先端を手のひらでなぞりはじめる。

「あ、ああ……たまらん……組みたいぞ、ああ、郷島組と組みたいぞ」

「専務っ、多岐川地所と組まれた方が、御社にとってもメリットが多いと思われます」

腰をうねらせる田所に近寄り、奈緒が必死にそう言った。

が、奈緒の説明など、田所の耳には入っていない。

説明ではなく、鎌首を舐めることが一番効果的なのだ。そんなことはわかっていた。けれど、そんなこと……出来るわけがない……樹里でさえ、手は使っているものの、まだ舐めてはいないのだ。

「舐めてくれっ、樹里くんっ」

「確約してくださいますね」

「それは、ちょっと……」

どうしてですか、と樹里がセクシーな美貌を寄せて、ぺろりと先端を舐めていった。

「あっ、それっ……」

たまらんっ、と田所が腰をくねらせる。

樹里は田所を見上げながら、ぺろり、ぺろりと先端に舌を這わせていく。ピンクの舌が、白く汚れていく。

「どうですか、専務」

「ああ、咥えてくれ、樹里くん」

「確約してくださらないと、駄目ですわ」

樹里は唇を引き、手のひらで鎌首を撫でまわしはじめる。

「あっ、ああっ……しゃぶってくれっ……ああ、手はもういやだっ……頼む、樹里くんっ」

田所の腰ががくがくと震えはじめる。

私がしゃぶります、という声が喉まで出かかっていたが、私には出来ない、と奈緒は尻込みしてしまう。

田所のペニスは、今、完全に郷島組に支配されていた。ペニスを支配しているということは、矢島建設そのものを、手中に収めているも同然であった。

「ああっ、変になりそうだっ。しゃぶってくれっ」

「確約してくださいますね」

「ああ、するっ、確約するぞっ」

じゃあ、と樹里が田所のペニスに美貌を埋めようとする。

「待ってくださいっ」

と奈緒が田所の足元に膝を寄せていた。

そして、樹里より先に鎌首を咥えようとする。けれど、ぎりぎりで出来なかった。

「どうした、奈緒くん」

と田所が聞く。

「あ、あの……」

確約はお待ちください、と請《こ》う前に、樹里が田所の鎌首を咥えていった。一気に、ペニスの根元まで呑み込み、じゅるっと吸い上げる。

「ああっ、いいぞっ、ああっ、樹里くんっ」

田所ががくがくと腰を震わせ、叫ぶ。

「出そうだっ、ああ、出そうだっ」

田所がそう言うなり、樹里がさっと美貌を引き上げた。唾液がねっとりと糸を引く。

「あっ、どうしたんだ、樹里くん」

寸止めを食らったペニスが、ひくひく動いている。

「すぐに出したら、つまらないでしょう、専務」

そう言って、ぞろりと先端を舐める。

「ああっ、出したいんだ、咥えてくれ、樹里くんっ」

「あのっ、私が……」

と奈緒は思い切って咥えようとする。が、やはり出来ない。

「小娘は引っ込んでいなさい」

そう言うと、樹里が再び咥えていく。

「ああっ、そうだっ、ああ、たまらんっ」

出そうだっ、と叫ぶと、今度は樹里はペニスの根元まで咥えこんでいった。

そして、ぐぐっと頰を窪め、吸い上げる。

「おうっ、おうおうっ」

田所が雄叫《おたけ》びをあげ、腰をがくがく痙攣《けいれん》させて射精した。

「専務……富永さん……」

奈緒は樹里の口の中に放つ田所専務を、呆然と見つめていた。

たっぷりと注いだ田所がペニスを抜くと、樹里はごくんと白い喉を動かした。

「ああ、おいしかったです、専務」

「そうか。それはよかった。郷島組と仕事をすれば、また樹里くんの口に出せるな」

「口だけでなく、次回は顔にお掛けくださいませ」

「いいのかい、樹里くん」

「もちろんです、専務」

そう言って、樹里がぺろりと唇のまわりを舐めた。そして勝ち誇った顔で、奈緒を見つめる。

田所専務に、おま×こを舐めさせながら、奈緒は結果を出せなかったのだった。

第五章　欲情の営業

1

佑人がビジネスホテルの屋上温泉から戻ると、携帯に着信が入っていた。見ると、青山奈緒からだった。

すぐに電話をすると、

「だめでした……」

という今にも泣き出しそうな声が聞こえてくる。

「あの……今から……そちらに行ってもいいですか」

「あ、ああ、いいよ」

佑人はホテル備え付けのぺらぺらの浴衣姿だった。着替えようかと思っていると、ドアがノックされた。

ドアを開くと、憔悴《しょうすい》しきった奈緒が立っていた。こちらは、紺のジャケットに紺のスカート。そして白のブラウス姿だ。

ホテルに戻っても、着替える気力も湧かなかったようだ。

「佑人さん……私……」

佑人の顔を見た奈緒の瞳に、涙が浮かびあがってきた。

「奈緒……」

こんな時に不謹慎だったが、震えるくらい綺麗だと思った。

頰を伝う涙を拭おうと手を伸ばすと、奈緒は佑人の胸元に美貌を埋めてきた。

ぺらぺらの浴衣越しに、奈緒の体温を感じる。瞬く間に勃起させていた。

佑人は奈緒の身体を抱きしめたまま、ドアを閉めた。そのままベッドへと移動する。

並んで座ると、佑人は奈緒の唇を奪った。奈緒の方から舌をからめてきた。ねっとりとからませると、もうびんびんだ。

「富永さん……専務のおち×ぽを舐めて……ああ、でも私は出来なくて……富永さん、じらすのが上手で……それで、確約をもらって……それで、あの……ザーメンを口で受けて……ああ、飲んだんです……」

涙を流しつつしゃべる奈緒の説明は、断片的でわかりづらかったが、田所専務はじらし責めで樹里がものにしたようだった。

「ああ……どうしても、専務のおち×ぽを……おしゃぶりすることが出来なくて……ううっ、私、椎名課長に顔向け出来ません」

「しゃぶれないのが普通だよ。なにも悲観することはないよ」

「でも……」

「確約をとっただけで、契約書をかわしたわけじゃないだろう。矢島建設の社長は矢島瑠美子なんだ。確かに田所専務が実権を握ってはいるけど、社長が判子を押さない限り、契約は成立しないんだ。だから、まだ負けじゃないんだよ」

「ああ、佑人さん……」

奈緒が救いの神を見るような目で、佑人を見つめてきた。

佑人は再び、奈緒の唇を奪った。甘い唾液の味がたまらない。気のせいだろうが、処女から女になって唾液の味も変わってきている気がした。

「佑人さん……つらそう」

奈緒がぺらぺらの浴衣を盛り上げる股間に気付いた。

白い指で浴衣をはだけ、トランクスを下げると、勃起させたペニスがあらわれる。

「ああ、すごい……」

そう言うと、奈緒が佑人のペニスを摑んできた。

「佑人さんのおち×ぽなら、ぜんぜん平気なのに……」

奈緒の唇から、おち×ぽ、という言葉が吐き出されるたびに、ペニスがひくついた。

奈緒が上体を倒してきた。佑人の股間に涙まみれの美貌を埋めてくる。

ちゅっと先端にキスしてきた。ちゅちゅっと啄《ついば》むようにキスし続けると、ピンクの舌をのぞかせ、舐めはじめた。

「あっ、ああ……」

やはり、青山奈緒のフェラはびんびんくる。もちろん舌使いは拙《つたな》かったが、舐める奈緒が美人過ぎた。

裏筋にねっとりと舌腹を押しつけてくる。佑人はぶるっと下半身を震わせる。

奈緒が唇を大きく開いた。野太い先端を咥えてくる。涙で濡れた頰をぐっと窪め、吸い上げてくる。

「ああ、いいよ……」

たまらなかった。このフェラを田所専務にやってあげれば、富永樹里にも勝てるのでは、と思った。

でも、契約を取るためとはいえ、そうそう出来ることではない。出来なかったからといって、奈緒を責めることは出来ない。

奈緒が反り返った胴体まで呑み込んでくる。美貌を何度か上下させ、唇を引いた。

「ああ、おいしいです……佑人さんのおち×ぽなら、ずっと、おしゃぶりしていられます」

奈緒がやっと笑顔を見せた。

佑人は奈緒のジャケットに手を掛けた。脱がせていく。奈緒はされるがままに任せている。

ブラウスのボタンを外すと、淡いピンクのブラに包まれたバストがあらわれる。

佑人はブラカップをめくった。

「ああ……」

ぷりっと実った乳房があらわれる。乳首はわずかに芽吹いている。

佑人はそこに顔を埋めた。乳首をちゅっと吸っていく。

「はあっ、ああ……」

奈緒が甘くかすれた喘ぎを洩らす。

佑人の口の中で、奈緒の乳首が見る見るととがっていく。

佑人は顔を引くと、スカートに手を掛けた。脱がせようとすると、だめ、と奈緒が佑人の手を押さえてきた。

「どうしたの？」

「いや……あの……だめなんです」

拒むというより、困ったという表情をしていた。

佑人は興味を持ち、スカートを引き下げていった。

「あっ、だめです」

いきなり、下腹の陰りがパンスト越しに見えて、佑人は驚いた。

「どうして、直に穿いてるの？」

「あ、あの……田所専務に……私のま、まん汁を……」

「まん汁っ!?」

「ああ、恥ずかしいです……私のまん汁をご賞味いただいた時……パンティを毟り取られて、それであの……パンストを直接穿いて……ホテルに戻ってきて……そのままで……ああ、ここに来ちゃいました……」

奈緒は鎖骨辺りまで羞恥色に染めて、直穿きの理由説明をした。

「田所専務におま×こを舐めさせたんだね」

「はい……」

「でも、確約は富永樹里に持っていかれたんだ」

「そうです……」

田所に舐めさせた後、そのままパンストを穿き、ビジネスホテルに戻り、ずっと涙に暮れていたのだ。

佑人はパンストが貼り付く恥丘に、顔を埋めていった。

「あっ、だめですっ……」

ぐりぐりと鼻を押しつける。女になったばかりの牝の性臭がむっと薫ってくる。

「あんっ、恥ずかしいです……あの……温泉に入ってきます……それから……おねがいします」

だめだよ、と言って、パンストを引き下げる。するとさらに濃いめの牝の性臭が立ちのぼってきた。

「エッチな匂いがするよ」

わざとそう言うと、うそっ、と奈緒が全身で恥じらい、両手で恥部を覆う。その手首を掴み、左右にやると、割れ目に指を添え、ぐっとくつろげていった。

佑人の前に、奈緒の花びらがあらわれる。処女を失ったばかりだったが、田所に舐められていると思うと、やけにエロく見えた。

「これを舐めさせたんだね」

「はい……」

「僕も蜜を賞味していいかい」

「ああ、だめです……温泉に入ってからにしてください」

それじゃだめなんだよ、と佑人は割れ目に顔を埋める。舌を出し、ぺろぺろと媚肉を舐めていく。

「あっ、だめだめ……いやですっ」

だめ、と言うたびに、愛液がどろりとあふれてきた。

唾液同様、昨日とは味が違っているように感じた。甘さが濃くなっている気がする。ぺろぺろ、ぺろぺろ、と舐めると、はあんっ、あんっ、と奈緒が甘い喘ぎで応えてくれる。

かなり敏感になっていた。田所に舐められて、昂《たか》ぶったまま、ビジネスホテルに戻ってきたのだろうか。

「田所に舐められて、まさか感じたんじゃないよね」

わざとそういう聞き方をした。

「あんっ、感じたりなんか……あうっ、しませんっ」

「本当かな。おま×こ、ぐしょぐしょじゃないか」

「あんっ、違います……」

あらわにさせたままの媚肉に、あらたな蜜が湧いてくる。

佑人は再び、奈緒の割れ目に顔を埋め、ぺろぺろと舐めていく。

「くっ、あんっ……だめだめ……うんっ、そんなに奥まで……あんっ、舌を入れないで、あんっ、くださいっ」

佑人は愛液を舐め取りつつ、クリトリスを摘んだ。やや強めにころがす。

すると、あっんっ、と奈緒ががくがくと下半身を震わせた。そのまま、シングルベッドに斜めに倒れ込んでいく。

「すごく感度が上がっているね、奈緒」

「ああ……佑人さんが……ああ、上手だからです」

佑人のペニスはさっきからずっとぴくぴく動いていた。この蜜壺の中に収めたいと思った。

「お仕置きしないといけないね、奈緒」

「お、お仕置き……」

「そうだよ。田所専務のち×ぽをフェラ出来なくて、富永樹里に負けたんだから」

「ああ、そうです……お仕置きしてください、佑人さん。椎名課長に代わって、お仕置きしてください」

「お尻を出すんだ」

「えっ」

「四つん這いになって、お尻を出すんだ、奈緒」

「は、はい……」

奈緒は言われるままシングルベッドの上で四つん這いになり、佑人に向けてぷりっと張ったなんとも瑞々《みずみず》しいヒップを差し上げてきた。

多岐川地所の男性社員たちに、この姿を見せてやりたかった。

佑人は白い尻たぼを、ぴしゃりと張った。

「あうっ……」

奈緒がヒップを下げようとする。

「下げたらだめだろう、奈緒っ」

とぱしっぱしっと尻たぼを張る。

「あうっ、あんっ……」

平手を見舞うたびに、奈緒の尻たぼがぶるっと震える。そしてすぐに、手形の痕《あと》が浮き上がってくる。

「これはお仕置きなんだ。感じてはだめだぞ、奈緒」

「あんっ、感じてなんか……ああっんっ、いませんっ」

奈緒の声が甘くからむようになってくる。

佑人は尻たぼを張るのを止めて、摑んでいた。そしてぐっと開くと、こちこちのペニスを突き入れてゆく。

「あっ、うそっ……バックなんて……だめですっ」

だめですっ、と奈緒が言った時には、ずぼりと先端を入れていた。

ぐぐっと突いていく。が、まだまだ奈緒の媚肉は窮屈で、瑠美子のようには突き進めない。

「はあっ、バックはだめです」

と奈緒がヒップをうねらせ、逃れようとする。

「動くんじゃないっ」

と佑人は思わず、ぱしっと尻たぼを張っていた。すると、ただでさえ窮屈な媚肉が、さらに締まった。

そこを、ぐぐっとえぐっていく。

「あうっ、うう……」

まさに、奈緒を犯している気分になる。しかし、奈緒の後ろ姿がまたなんとも素晴らしかった。

ウエストが折れそうなほどくびれているため、逆ハート型のヒップがとてもセクシーに見える。奈緒は後ろ姿も、また美人だ。

尻たぼにはえくぼが刻まれている。それを摑み、さらに深く串刺しにしていく。

おうっ、と佑人がうなる。強烈な締め付けに、ちょっとでも気を抜くと、暴発させそうだ。まだ出したくはない。もっと、奈緒に締め付けられていたい。

「ああ、恥ずかしいです……ああ、こんなかっこうで……エッチするなんて……」

「奈緒のおま×こは、うれしそうに締めてきているよ」

「あんっ、うそです……恥ずかしすぎます」

ビジネスホテルの狭いシングルルームに、奈緒の甘くかすれた声が流れている。

両隣にも宿泊客がいるはずだ。出張族だろう。奈緒の声を聞かせてやれ、と佑人は抜き差しをはやめる。

すると、

「あんっ、だめっ……あ、ああっ……佑人さんっ」

と奈緒が甘い喘ぎを大きくさせた。

さらに泣き声を出させたかったが、奈緒の泣き声と締め付けに、佑人自身が暴発しそうになっていた。

激しく突いてもっと泣かせたかったが、そうすると、はやく終わってしまいそうなジレンマに悩まされる。

でも突きたい。もっと泣かせたいっ、と佑人はぐいぐいえぐっていく。

「あっ、ああっ……すごいっ……ああ、すごいですっ」

佑人のバック責めに、奈緒が応えてくれる。ひと突きごとに、尻たぼにセクシーなえくぼが刻まれ、くびれた腰がうねった。

出そうだ。もう少し、もう少し突かせてくれっ。

「ああ、ああっ……佑人さんっ……ああ、ああっ、い、いいっ」

「奈緒っ」

いいっ、という奈緒の声を耳にした途端、佑人は発射させていた。

どくどくっ、どくどくっ、と勢いよく飛沫が噴き出す。

「ああっ……」

奈緒の背中が弓なりに反り、ペニスに串刺しにされているヒップがぶるぶると震えた。佑人はたっぷりと出すと、そのまま、奈緒の背中に抱きついていった。

奈緒が両腕の肘、両足の膝を折り、シングルベッドに突っ伏す。

うなじから甘い薫りが立ちのぼり、佑人は思わずそこに顔をこすりつけていた。

すると、あんっ、と奈緒が甘えたような声をあげ、同時に、おま×こを強烈に締めてきた。

「ああっ、奈緒……」

出したばかりなのに、佑人のペニスが奈緒の中ではやくも力を取り戻しはじめた。

2

翌日、東京に戻り、すぐに会社に向かうと、椎名課長に報告した。

「申し訳ございません」

と佑人は奈緒と並んで、深々と頭を下げていた。奈緒はフェラ出来なかったことを、謝っていた。

「手こきとフェラだけで、確約をとりつけるなんて、さすが富永樹里ね」

会社の中で、美咲の口から、手こきやフェラという言葉が出るだけで、佑人はどきりとする。思わず、美咲の白い指や悩ましい唇に目が向かい、ペニスをひくつかせた。

佑人の携帯が鳴った。ディスプレイを見ると、瑠美子からだった。

すいません、と言って、電話に出た。

「今夜、S温泉の旅館に、田所専務と私が郷島組に招待されたの。きっと、そこで正式契約を結ぶつもりよ。田所専務に押し切られたら、私は断りきれないわ」

「わかった。今夜だね。僕たちもその旅館に行きます」

「待ってます」

電話を切ると、佑人はすぐに美咲に電話の内容を告げた。

富永樹里は、一気に正式契約を取り付ける気のようだ。

「まずいわね。私たちも乗り込むわよ」

はいっ、と佑人と奈緒は返事をした。


その夜、佑人と椎名課長と奈緒は、M市から車で二時間ほど山に向かった温泉郷に到着した。瑠美子に教えられた白河《しらかわ》旅館に入る。

玄関に迎えに出た女将《おかみ》には、矢島建設の関係者だと告げる。離れに、瑠美子たちがいると教えられていた。

離れの座敷に近寄ると、

「待ってくださいっ」

という女性の声が聞こえてきた。

「矢島社長の声です」

と佑人が先頭を歩く美咲に説明する。

「田所専務、もう少し考えられた方がいいのではないですかっ」

瑠美子が田所を説得する声が、襖越しに洩れてきた。

その襖を、椎名課長がさっと開いた。

広々とした座敷には三人の人間しかいない。上座に田所専務がでんと座り、その隣に、富永樹里が侍り、テーブルの脇に、瑠美子社長が座っていた。

田所の前には、書類が置かれ、田所はペンを手にしていた。

「誰だね、君は」

失礼します、と美咲が座敷に入り、一直線に上座に向かって行く。

そして、田所の前に立った。

美咲は黒のジャケットに白のブラウス、そして、黒のミニスカート姿だった。超ミニの裾から、ストッキング無しの生の太腿があらわとなっていた。

ちょうど、田所の目の前に、美咲の太腿があった。

普通なら、相手の顔の前に立ちはだかるなど、失礼極まりない態度である。が、この場合は違っていた。

あぶらの乗り切った極上の太腿を鼻先に突きつけられ、田所の目が輝きはじめる。

美咲はさらに田所に迫る。今にも、田所の顔面を覆いそうだ。

田所が思わず白い太腿に顔を押しつけようとした時、美咲がその場にしゃがみこんだ。正座をし、

「多岐川地所開発一課課長の椎名美咲と申します」

そう言いながら、美咲が名刺を差し出した。田所が受け取る。が、田所の方から名刺は出さない。わざとではなく、美咲の胸元に気をとられているようだった。

テーブルの脇に座った佑人は、田所の視線の先に目を向けた。

黒のジャケットのボタンは外され、白のブラウスが見えている。

あれ……おっぱいが……透けて見えているっ。

美咲はノーブラだったのだ。美咲の乳房は豊満に張り出しているため、ブラウス越しにもはっきりと形がわかった。

乳首のぽつぽつが浮き上がっているのが、なんともいやらしい。

椎名課長、いつの間に、ブラを外していたのだろうか。まったく気付かなかった。

パンストは、Ｍ市の空港に着いた時に脱いだのは知っていた。温泉行きのバスに乗り込む時、ミニから生足がのぞいているのを見て、美咲の気合いを感じていた。

「ご挨拶が遅れまして、申し訳ございません」

と美咲が深々と頭を下げる。

すると田所の視線が、美咲の襟ぐりに釘付けとなる。

ブラウスが下がり、そこから、ノーブラの乳房がもろ見えになっているはずだった。

もしかしたら、乳首ものぞいているかもしれない、と思い、佑人はごくりと生唾を飲んだ。

「なにをなさっていたのでしょうか」

美咲がテーブルの書類に手をやる。

「矢島建設は郷島組と組んで、Ｍ市再開発事業のコンペに参加することになりました」

と富永樹里がそう言った。

「それは本決まりなのですか、田所専務」

美咲が美貌をぐっと寄せて、田所に問う。

「い、いや、それは、その……」

「弊社の説明をもう一度、私から聞いてくださいませんか」

そう言って、美咲は田所の手を掴み、剝き出しの太腿へと導いた。

田所は美咲の太腿に手のひらを乗せて、そうだな、とうなずいた。

「待ってください、田所専務っ。弊社との契約を決断なさったのではないですかっ」

美咲が登場以来、田所の視線の外に追いやられた樹里が、身を乗り出し、そう問うた。

「椎名課長の話はまだ聞いていなかったからね」

あぶらの乗り切った太腿を、ねちねちと撫でまわしながら、田所がそう言う。

美咲の太腿を這う田所の手を見ながら、うらやましいな、と佑人は何度も生唾を飲んでいる。

「温泉には入られましたか、専務」

「いや、まだなんだが」

「じゃあ、ごいっしょにいかがですか。せっかく温泉に来たのですから、お湯に浸かって寛《くつろ》ぎながら、弊社の話を聞いてくださいませんか」

「そうだな。それがいいな」

とさっそく田所が立ち上がる。田所はまだスーツ姿だった。恐らく契約書を交わしてから、温泉に入る、という段取りだったのだろう。

「青山っ、専務のお召し物を脱がせて差し上げなさい」

美咲が佑人の隣に座っている奈緒にそう命じた。はいっ、と奈緒が立ち上がり、田所に近寄っていく。

今日の奈緒はベージュのジャケットにベージュのミニスカート。白のブラウス姿だった。膝上十センチほどのミニからあらわになっている足は、美咲と違い、ストッキングで包まれている。

失礼します、と奈緒が田所のネクタイに手を伸ばし、緩めはじめる。

少しだけ下がった美咲が、その場でジャケットを脱ぎ、ブラウスのボタンを外しはじめた。

「か、課長……」

たわわな乳房があらわとなり、佑人はもちろん、瑠美子も樹里も目を見張った。

もちろん田所も目を丸くさせている。

美咲はブラウスも脱ぐと、ミニスカートも下げていった。

股間に貼り付く黒のパンティがあらわれる。

「これは、驚きましたな」

と田所が口元を弛《ゆる》める。もう、まったく樹里の方は見ていない。

パンティだけになると、美咲は右腕で乳房を抱き、乳首を隠した。

熟れた女性らしい曲線に囲まれた、官能的過ぎるセミヌードだ。

そんな美咲の身体を見つめる田所は、奈緒の手によって、ネクタイを外され、ジャケットを脱がされ、ワイシャツを脱がされ、そしてスラックスを下げられていった。

トランクスだけとなる。

「では、参りましょう、田所専務」

と美咲が座敷の奥にある専用露天風呂へと向かおうとする。

すると、待ってくださいっ、と樹里が声をあげた。

「私も、ごいっしょさせてください」

とあわててジャケットを脱ぎ、ブラウスのボタンに手を掛ける。

「樹里くんはここにいなさい。椎名課長とさしで、多岐川地所の話を聞きたいんだ」

「専務……」

じゃあ行こうか、と田所が美咲の背中に手を当てて、座敷の奥へと向かって行った。

美咲のパンティはTバックである。長い足を運ぶたびに、ぷりっぷりっとうねる尻たぼを、佑人は惚けたような顔で見送った。

3

専用露天風呂に着くと、美咲は田所に背中を向けて、パンティを脱いでいった。田所の視線が、むちっと熟れた双臀から太腿へと下がるのを肌で感じる。美咲は右腕で乳房を抱き、左手で恥部を隠すと振り向いた。田所はまだトランクスを穿いたままだった。

美咲に脱がせてもらいたいのだろう。すでにテントを張っている。

「ああ、なんて素晴らしい身体なんだ、椎名課長」

田所の視線が、美咲の裸体にねっとりとからんでくる。

美咲はそばに寄ると、両手を乳房と恥部から離した。

たわわな乳房、そして下腹の陰りを見せつけながら、田所をじっと見つめつつ、美咲はトランクスを脱がせていく。

田所がごくりと生唾を飲む。右手が動きたがっている。美咲の乳房に手を出そうかどうか、迷っているような動きだった。

美咲は桶《おけ》を手にすると、湯船からお湯を汲んだ。そして、田所の股間に掛ける。見事に反り返った魔羅《まら》がお湯で絖る。

美咲は立て膝状態で、自らの裸体にもお湯を掛けていった。

鎖骨から乳房、お腹から下腹の陰り、そして太腿がお湯で濡れていく。

ただでさえ官能美あふれる美咲の裸体が、さらに魅力的に輝いていく。

我慢出来なくなったのか、田所が美咲の揺れる乳房に手を出してきた。

が、美咲は、

「いけませんわ、専務」

とやんわりと田所の触手をかわし、仕事のお話をしましょう、と言いながら、露天風呂の湯船に入っていった。

乳房がお湯から半分くらいのぞくところで、止める。

田所も入って来た。

美咲は矢島建設が多岐川地所と組んだ方が、どれだけいいか、説明をはじめる。

田所はうなずいていたが、耳に入っていないのは明らかだ。それでも美咲はていねいに説明を続ける。

田所が近寄ってきた。隣に身体を寄せ、またもや乳房に手を伸ばしてくる。

美咲はその手首を掴み、いけません、と軽くひねる。

ううっ、と田所がうめいた。文句を言いそうになった口から、あっ、という声が洩れる。

湯船の中で美咲がペニスを掴んだのだ。鎌首を手のひらで包み、くびれからひねるように動かしはじめる。

「あ、ああっ……椎名課長……」

田所が腰を震わせる。

「いかがですか、田所専務」

「ああ、気持ちいいよ」

「おち×ぽの方ではなくて、弊社と組んでいただく気になりましたか」

「そうだな……しかし……郷島組の樹里くんと……約束したのだよ」

「口約束でしょう」

そう言いながら、美咲は左手の指先を、田所の蟻《あり》の門渡《とわた》りへと進めていった。

「あっ、なにをする……」

さらに進め、田所の肛門を指先でくすぐりはじめる。すると、田所のペニスがひくひくと動いた。

「郷島組は、専務のお尻の穴は舐めましたか」

「えっ、い、いや……そんなことは……してくれないよ」

「お尻の穴も舐めない会社と組んでもいいのですか、専務」

鎌首を手のひらでなぞり、肛門を指先でくすぐりながら、美咲がそう言う。

「そ、そうだな……椎名課長は……舐めてくれるというのか」

「当たり前です。立ってくださいませんか」

わかった、と田所が立ち上がった。ぷるんっとペニスが弾む。その先端に、美咲がちゅっとキスをした。

それだけで、田所が、おうっ、と声をあげ、下半身を震わせた。

ただ美咲はキスしただけで、すぐに美貌を引いていた。

「お尻を向けてくださいませんか」

もっと舐めてくれないのか、という目で美咲を見下ろしつつ、田所が美咲に臀部を向けてくる。

美咲は尻たぼを、そろりと撫でる。

「ああっ……」

と田所が敏感な反応を見せた。

美咲は尻たぼをぐっと開く。

「見えますわ、田所専務のお尻の穴」

「そ、そうか……」

美咲は瞳を閉じると、剛毛がべったりと貼り付く肛門に唇を寄せていった。こちらも鎌首同様、ちゅっとくちづけていく。

「ああ、椎名課長……」

ちゅちゅっとキスを続けると、それだけで、田所が身体をくねらせる。かなり肛門が敏感なようだ。

美咲は美貌を引いた。

「もう終わりかい、椎名課長」

「もっと舐めて差し上げたいのですけれど、専務は郷島組の方がお好きなのでしょう」

「いや、そんなことはないぞ。椎名課長も、いや、多岐川地所も気に入っている」

そうですか、と指先で肛門を突く。すると、肛門がきゅきゅっと収縮する。舐められたがっているのがわかる。

「では、弊社と組んでくださると約束してくださいますね」

「それは……樹里くんとの約束があるし……」

「そうですか。残念ですね」

と美咲が湯船から出ようとした。

「待ってくれっ。尻の穴を舐めてくれないか、椎名課長」

「弊社と組む気になったのですか」

「そ、そうだな……」

田所の返答ははっきりしなかったが美咲は田所の尻に美貌を埋めていった。そして舌をのぞかせると、今度はいきなりぺろぺろと肛門を舐めていった。

「あぁっ、たまらんっ」

田所が腰をくなくなさせる。

美咲はすぐに舌を引き上げた。臀部から美貌も離す。

「どうした、椎名課長」

「弊社と確約してくださいませんか」

「そ、それは……」

ではここまでですね、と美咲が湯船から出る。

「椎名課長っ、多岐川地所と組もうじゃないか」

と田所が言った時、樹里が入ってきた。

樹里はパンティだけだった。豊満な乳房をぷるんぷるん弾ませ、湯船に近寄ると、田所が見ている前でパンティを脱いだ。

が、田所の視線は、美咲の裸体から離れなかった。

「ありがとうございます」

と美咲が樹里に見せつけるように、正面から田所に抱きついていった。

豊満な乳房を田所の胸板に押しつけつつ、美咲がお湯を吸ってべったりと股間に貼り付く恥毛を、鎌首にこすりつけていく。

「ああ、椎名課長」

「美咲、と呼んでください」

「ああ、美咲、ああ、美咲……組むぞ、多岐川地所とコンペに出るぞっ」

田所が鎌首を割れ目にめり込ませようとする。それを見た樹里が、待ってください、と裸体をぶつけてきた。

今にもめりこみそうだった鎌首が、美咲の割れ目から離れる。

美咲は怒らなかったが、田所がなにをするっ、とどなり声をあげた。

樹里はなりふり構わず、湯船にしゃがむと、田所のペニスにしゃぶりついていった。

いきなり咥えこみ、胴体の根元近くまで呑み込んでいく。

「あっ、なにをするっ……しゃぶらなくていいっ、美咲のおま×こに入れるんだよっ」

と田所が樹里を押しやる。樹里の唇からペニスが抜ける。田所は美咲の腕を摑むと、抱き寄せる。

すると美咲は田所専務にくちづけていった。ぬらりと舌を入れていく。田所がペニスをひくつかせ、舌をからめてくる。それを美咲はちゅっと吸った。

吸いながら、ひくつくペニスを摑むと、しごきはじめる。

「うう、ううっ……」

田所が、いいっ、とうめいている。先端からどろりと先走りの汁がにじみ出す。

そこに、樹里が舌を這わせてきた。

「なにをやっているっ、樹里くんっ」

「ああ、座敷に戻って、契約書にサインをおねがいします」

「多岐川地所と契約しようと思ってね」

樹里が湯船から上がり、洗い場で四つん這いの形をとった。田所に向けて、くっきりとした逆ハート型の魅惑のヒップを差し上げていく。

「田所専務、樹里のおま×こをご賞味くださいませ」

掲げたヒップをうねらせながら、樹里がそう言った。

「契約前に入れてもいいのかい、樹里くん」

「ああ、樹里って呼んでくださいませ」

そう言って、さらにヒップを振る。

が、田所は湯船から出なかった。美咲が背後にまわり、尻たぼを開き、尻の穴に舌を入れはじめたからだ。

「おうっ、それはたまらんっ」

掲げられた樹里のヒップを眺めつつ、田所は美咲のアナル舐めに腰を震わせる。樹里のヒップが視覚的な刺激となり、よりアナル舐めでの感度を上げていた。

捨て身に出た樹里を、美咲はうまく利用していた。

「いかがですか、多岐川地所は」

「ああ、最高だよ、美咲」

田所は美咲のアナル舐めにご満悦で、樹里が入れてください、とおねだりしているのに、入れようとはしない。

これまでどんな男もその魅惑の身体の虜《とりこ》にしてきた樹里は、プライドをずたずたにされながらも、掲げたヒップをうねらせ続ける。

美咲がとがらせた舌先を尻の穴の奥まで入れていく。と同時に、前に手を伸ばし、びんびんのペニスをしごきはじめる。

すると、田所は、おうおうっ、と吠えていた。

4

「すごい声がするよ」

座敷で待っていた佑人と奈緒は、田所の吠えるような声に誘われ、露天風呂へと向かった。

そっとのぞいて、目を丸くさせる。

湯船に立った田所の臀部に美咲が美貌を埋め、洗い場では裸になった樹里が四つん這いになってヒップをうねらせている。

入れてください、と甘い声でおねだりするも、田所は美咲のアナル舐めに落ちてしまっている。しごかれているペニスの先端から、先走りの汁があふれ続けている。

「すごいわ、椎名課長。富永樹里に勝っている」

「そうだね」

青山奈緒がまったく歯が立たなかった樹里を、美咲はあっさりと負かしていた。

「ああ、出そうだっ、美咲っ」

田所専務が、椎名課長を呼び捨てにしている。

「入れさせてくれっ、外には出したくないっ」

「入れるのなら、樹里のおま×こにください、専務っ」

樹里が懸命に、差し上げた双臀をうねらせている。

けれど、田所は湯船から出ようとしない。美咲のアナル舐め手こきに、腰をうねらせ続けている。

「ああ、入れたいっ、美咲のおま×こに入れたいっ」

「樹里にくださいっ」

おうっ、と吠え、田所が射精させた。勢いよく噴き出したザーメンが宙を舞う。

田所は、おうおう、と叫びながら、射精を続ける。

「専務……」

樹里は四つん這いのまま、呆然と見つめている。

たっぷりと射精させた美咲が、田所の正面にまわった。そして萎《な》えかけたペニスに、しゃぶりついていった。

「ああっ……美咲……」

根元まで咥えられ、じゅるっと吸われ、田所ははやくも大きくさせはじめた。

「椎名課長……すごい……」

奈緒が熱いため息をつくように、そう言った。

「それじゃあ、中で契約についてお話ししましょう、専務」

田所の股間から美貌を引くと、妖しく潤ませた瞳で見上げながら、美咲がそう言った。そうだな、と田所がうなずく。美咲の唾液で絖ったペニスは、すでに天を向いている。

「行きましょう」

と美咲が先に湯船を出る。田所専務に魅惑の双臀のうねりを見せつけるためだ、と佑人は思った。

案の定、田所の視線は、ぷりっぷりっとうねる美咲の尻たぼに釘付けだ。

「田所専務っ、契約についてのお話とは、どういうことですかっ」

と樹里が湯船に入り、田所に問う。

田所はそれには答えず、美咲の双臀に誘われるように、湯船を出て、洗い場を横切った。佑人と奈緒はあわてて座敷へと戻る。

待ってくださいっ、というあせった樹里の声がする。ざまあみろ、富永樹里。溜飲が下がる。それは奈緒も同じようだった。

上座に田所が座った。裸のままだ。隣に座った美咲も一糸もまとっていない。

お湯に濡れたままの乳房がなんともそそる。乳首はつんとしこり、見ているだけでしゃぶりつきたくなる。

田所はじろじろと美咲の裸体を見つめている。

裸であらわれた二人を見て、瑠美子は目を丸くさせたままだ。そこにまた、全裸の樹里が入ってきた。

田所の右隣に座ると、

「契約書の続きを作成しましょう」

と言った。

「樹里。悪いが、さっきも言ったように、我が社は多岐川地所と共に、コンペに参加した方がいいのでは、と考えるようになったんだ」

「そんな……」

樹里が泣きそうな顔になる。

「それでいいですよね、社長」

と田所が瑠美子に目を向ける。

「はい。私はずっと多岐川地所さんと組みたいと思っていましたから」

「そうでしたね、さすが社長ですな」

如才《じょさい》無く、田所がそう誉める。

「では決まりですね」

「待ってくださいっ、専務っ」

と樹里があぐらを掻いている田所に跨がっていった。

自慢の乳房を田所の胸板に押しつけながら、勃起させたままのペニスを掴むと、自らの割れ目に導いていく。

「郷島組の方、なにをしていらっしゃるのですか」

と美咲が横から手を伸ばし、今にも樹里に入りそうになっているペニスを掴み、ぐっと横に向けた。

「立花くん、郷島組の方に下がっていただいて」

と美咲が佑人に美貌を向けてそう言った。佑人は、はいっ、と駆け寄り、田所と繋がろうとする樹里の裸体を背後から抱きしめる。

するとちょうど乳房を掴む形となり、どきりとしてしまう。

樹里は大学時代の友人の彼女だった。ずっとこの豊満なおっぱいを、服越しに見せつけられてきた。

その乳房を今、こうして掴んでいることがうそみたいだ。樹里の乳房は想像以上に、掴み心地がよい。でも、揉むわけにはいかない。

「離してっ、立花くんっ」

「契約書の作成の邪魔をしないでください、富永さん」

暴れる樹里を、佑人は田所の股間から引き離す。

田所はなにも言わない。美咲にペニスをしごかれ、うっとりとさせている。

「では、これは破棄させていただきます」

と田所が途中まで署名していた郷島組との契約書を、美咲が破こうとした。

「樹里の処女を、奪っていただけませんかっ」

と樹里が叫んだ。

「処女って、どういうことだ」

田所が問う。

「お尻で……」

「尻だと……立花くん、ちょっと離したまえ」

と羽交い締めにしている佑人に向かって、田所がそう言った。佑人は美咲を見た。美咲がうなずく。

自由になった樹里が田所に近づき、皆が見ている前で上体を倒していった。田所の鼻先に、むちっと盛り上がった双臀が迫る。

そして樹里は自らの手で尻たぼを開き、菊の蕾をあらわにさせた。

「ほう……これが樹里の尻の穴か」

田所の目が輝きはじめる。美咲がしごき続けているペニスが、さらに太くなっていく。

「ああ、舐めて、ほぐしてください、田所専務」

「いいのかい、樹里」

「もちろんです、田所専務」

じゃあ、と田所が身を乗り出し、樹里の双臀の狭間に顔を埋めていく。

「あっ……」

樹里が掲げたヒップをぶるっと震わせる。

舐めているのだ。樹里の尻の穴を。

佑人は美咲を見た。美咲はじっと樹里の尻の穴を舐める田所の横顔を見つめている。

「あっ、あんっ……」

「ほう、尻の穴でも感じるのか、樹里」

「あんっ、わかりません……」

皆の視線が、樹里に集まっている。美咲から一気に、主役の座を奪い取っていた。

「ほぐれてきたぞ。欲しそうにしているな、樹里」

「ああ、田所専務に……ああ、樹里の後ろの処女をお捧げします」

「そうか。いいのか、樹里」

「はい……是非とも、おねがいします」

「しかし、ほぐれてきたとはいえ、俺のち×ぽが入るかな」

そう言いつつ、田所が樹里の尻の穴に小指を忍ばせていく。

「あうっ……うう……」

つらそうに美貌をしかめつつも、樹里はじっと耐えている。

どうするんですか、椎名課長。さっそうとあらわれた後、ずっと主導権を握ってきた美咲が、見ているだけだ。

「おう、人差し指も入るようだな」

「う、うう……」

「痛いか」

「いいえ……ああ、ください……田所専務のおち×ぽで……ああ、樹里、後ろも女になりたいんです」

「そうか。樹里の最初の男になるわけだな」

「はい……」

「いいだろう」

「あ、あの……契約書は……」

と美咲が問うた。

「ちょっと待ってくれないか。郷島組が俺のために尻の穴の処女を捧げてくれるというんだ。無下《むげ》には出来ないだろう」

そう言うと、田所専務が反り返ったままのペニスを、樹里の尻の狭間に入れていく。

椎名課長っ。尻の穴に入れられたら、我が社は負けてしまいますよっ。

ここで動かない美咲がもどかしい。と同時に、自分が男であることももどかしかった。佑人にはなにも出来ないからだ。

「あ、あのっ」

と奈緒が大声をあげた。皆が、一斉に奈緒に目を向ける。

「どうした、奈緒くん」

「あ、あの……い、いいえ……なんでも、ありません」

田所のペニスをしゃぶることも出来なかった奈緒だ。前の処女を失ったばかりで、尻の穴を田所に突き出すことは出来ないだろうし、出来ない奈緒を責められない。

5

「あう、うう……」

樹里が苦悶のうめきを洩らす。

「おう、きついぞ、樹里。おう、入るのか」

「ああ、おねがいします……う、うう……入れてくださいっ」

樹里の四つん這いの裸体にあぶら汗がにじみはじめる。

椎名課長っ、いいんですかっ。

美咲なら、私のお尻の処女も差し上げます、と樹里の隣に魅惑の双臀を突き出すのではないか、と佑人は秘かに期待していた。

けれど、美咲はじっとしたままだ。

「おうっ、入るぞっ、樹里っ、俺のち×ぽが尻の穴に入るぞっ」

「う、うう……うう……」

樹里の眉間に深い縦皺が刻まれる。郷島組に契約を取られそうなのに、佑人は会社のために後ろの処女を捧げようとしている樹里の姿に興奮していた。

「おうっ、入ったぞっ」

「う、うれしい、です……う、うう……」

「痛いか」

「うう、大丈夫です」

完全に負けた、と思った。契約は郷島組のものだろう。

「待ってくださいっ」

そう叫ぶと、奈緒が紺のスカートを脱ぎ、田所専務のそばに向かった。

そして、素っ裸で四つん這いになっている樹里の隣で、奈緒も四つん這いの姿勢をとっていった。

パンストに包まれたキュートなヒップが、田所に向かって差し上げられる。

「ああ、パンストを破いてくださいませんか、田所専務」

「破いてもいいが、なにをするつもりなんだ」

「もちろん、奈緒の後ろの処女を田所専務にお捧げするためです」

奈緒の言葉に、佑人は驚いた。上司の美咲も目を丸くさせている。

奈緒は本気なのだろうか。いや、冗談では言えないだろう。しかし、奈緒は昨夜、佑人のペニスで女になったばかりなのだ。

「しかしなあ、もう、郷島組の後ろの処女を頂いてしまったからな。多岐川地所の尻の穴の処女をもらっても、いい返事は出来ないと思うぞ」

田所の鎌首は、樹里の尻の穴に入っていた。うう、と樹里はずっと眉間に縦皺を刻ませて、四つん這いのままでいる。

「構いません。私は田所専務にどうしても、後ろの処女を破っていただきたいのです」

奈緒はヒップを差し上げたまま、自らの手を臀部に伸ばし、パンストに爪を立てていった。

裂け目を入れると、引き裂いていく。

田所の前に、淡いブルーのパンティが貼り付く奈緒のヒップがあらわれていく。

「待つんだ、奈緒くんっ」

なおも奈緒が自分で裂こうとすると、田所が止めた。

樹里の尻の穴に鎌首を入れた状態で、奈緒のヒップに手を伸ばしていく。

「ああ、専務……もっと、奥までください」

田所の興味が奈緒に向かうのを知り、樹里が甘い声でせがむ。

「ちょっと待ってくれないか、樹里」

田所がパンストを摑んだ。樹里の尻の穴に入れたまま、パンスト裂きをはじめる。

いいぞ、奈緒。アナルの処女を奪っている最中に、パンスト裂きをさせるなんて、たいしたものだ、と佑人は感心する。

それになによりも、ここで後ろの処女を捧げようとする奈緒の気持ちに、佑人は打たれていた。

「専務、おち×ぽをもっとください」

「そうか。もっと欲しいか」

パンストを引き裂いた田所の興味が、樹里に戻る。

「はい、もっと奥まで、田所専務を感じたいんです」

「痛くはないか」

「大丈夫です……」

「よし。もっと入れてやるぞ」

田所が樹里の尻たぼに五本の指を食い込ませ、じわじわとペニスをめりこませていく。

「う、うう……」

樹里が苦悶のうめきを洩らす。

奈緒があごで上体を支え、自らの手でパンティを下げた。そして、尻たぼに手を置き、ぐっと開いていく。

「田所専務……奈緒のお尻の穴……ああ、ご覧ください」

奈緒に言われ、田所の視線が奈緒のヒップに向く。

深い尻の狭間の奥で息づく窄《すぼ》まりに、目を輝かせる。

「ああ、なんて綺麗な尻の穴なんだ」

樹里の尻の穴の中で、田所のペニスがさらに太くなる。

「い、痛い……」

「悪かったな、樹里。奈緒くんの尻の穴があまりに綺麗なもんでな。入れていいのかい、奈緒くん」

「もちろんです……」

「そうか。あ、ああっ。なんて締め付けだっ」

田所がうなり、身体を震わせはじめる。

「このまま、樹里にくださいませ。多岐川地所に入れるのは嫌です」

「ああ、そんなに締められたら、ああ、動かせないぞっ」

「奈緒にもください。奈緒の後ろの処女を奪ってください」

自らの手で尻たぼを開いたままで、奈緒が懸命にヒップを振っている。

素っ裸で四つん這い、そして尻の穴を突き刺されている樹里。紺のジャケットも白のブラウスも着ながら、ヒップだけを丸出しにさせている奈緒。

どちらも、あまりに刺激的過ぎて、佑人は接待中という立場も忘れて、樹里と奈緒に見入ってしまう。

「おうっ、出そうだっ」

「ああ、くださいっ」

「奈緒の処女をっ」

出るっ、と叫び、田所が腰を震わせた。ああっ、と樹里が声をあげ、四つん這いの裸体をひくつかせた。

さらなるあぶら汗が噴き出し、ピンクに火照《ほて》った肌がぬらぬらとなっていく。

たっぷりと樹里の尻の穴にぶちまけた田所が満足そうにペニスを抜いていく。

「裂けてはいないようだな。血はついていないぞ」

樹里の美貌が一瞬、強張《こわば》った。

すると、美咲がすうっと近寄り、田所の股間に美貌を埋めていった。

「あっ、なにをするっ、美咲っ……ああ、たまらんっ」

樹里の尻の穴に射精させたばかりの魔羅を、美咲がじゅるっと吸い上げていく。

「専務、次は奈緒の番です。どうか、その唾でほぐしてくださいませ」

「いいのか、奈緒くん。先に、樹里の尻の処女を頂いてしまったんだ。郷島組と契約することになるぞ」

「関係ありません……奈緒は……田所専務に後ろの処女を奪っていただきたいんです。それだけです」

「そうか。それなら、遠慮なくもらうぞ」

田所が奈緒のヒップに顔を埋めていく。そして、菊の蕾をぺろぺろと舐めはじめる。

「あっ、そんなっ……」

思わず、奈緒が逃げようとする。田所はがっちりと尻たぼを押さえ、奈緒の菊の蕾を唾液だらけにしていく。

すごいや……田所は樹里の尻の穴に放ったばかりのペニスを美咲に舐められながら、奈緒の尻の穴を舐めているのだ。

これ以上の極楽はあるのだろうか。当然のこと、佑人は仕事中にもかかわらず、痛いくらい勃起させていた。

瑠美子を見ると、瞳が潤んでいた。ずっと腰をもぞもぞさせている。

佑人同様、瑠美子も興奮しているんだ、と思った。

俺も仕事をするぞっ、と佑人は瑠美子のそばに近寄ると、いきなりあごを摘み、その唇を奪った。

不意をつかれた瑠美子は一瞬顔を引こうとしたが、舌を入れて、からめていくと、瑠美子の方からすがりついてきた。

ぴちゃぴちゃと唾液の音を立てつつ、舌をからめあう。

「あ、ああっ……い、いや……ああ、そんなっ……ああ、舌を入れないでくださいっ……あんっ、だめっ」

奈緒の声が、刺激的なＢＧＭとなっている。

瑠美子はワンピース姿だった。その高く張った胸元を、鷲掴みにしていった。

ああっ、と熱い息を瑠美子が佑人の喉に吹きかけてくる。

「指を入れてみていいかな、奈緒くん」

「はい……おねがいします……」

かすれた奈緒の声がする。瑠美子と舌をからめたまま奈緒を見ると、奈緒は唇を噛んでいた。

「おう、すごくきついぞ。小指でもなかなか入っていかないぞ。樹里の尻の穴とはまったく違うな」

もしかして、樹里の尻の穴は処女ではないのかもしれない、と佑人は思った。

いくら唾液でほぐしたとはいっても、いきなり鎌首を咥えこむことは出来ないのではないだろうか。

功を焦って、処女を捧げるとお尻を差し出してしまったのかもしれない。そうなると、樹里は致命的なミスを犯したことになる。

血がついていないペニスを見て、美咲は瞬時にそう判断して、大きくさせるべく、しゃぶりついていったのかもしれない、と佑人は気付いた。

「う、うう……」

「小指でも無理だな」

「ああ、もっと、ほぐしてください。今夜、田所専務にお尻の処女を捧げたいんです」

「そうか」

と田所は再び、奈緒のヒップに顔を埋めていく。

「あ、ああ……」

奈緒がぶるっとヒップを震わせる。それは嫌悪の震えではなかった。

隣では樹里が四つん這いのまま、お尻を捧げたままでいる。

瑠美子がスラックス越しに、佑人の股間を摑んできた。

「あっ……」

ジッパーを下げ、中に白い指を入れてくる。田所と美咲と樹里は全裸、そして奈緒もヒップを丸出し状態で、座敷の中は異様な雰囲気に包まれていた。

それに煽られる形で、瑠美子がペニスを引き出し、しゃぶりついてきた。

「あっ、瑠美ちゃんっ……そんなっ」

いきなり胴体の半ばまで瑠美子の口の粘膜に包まれた。うんうんっ、と貪るようにしゃぶってくる。

「う、うう……」

奈緒のうめき声が聞こえる。

「入ったぞ。今度は小指も入ったぞ、奈緒くん」

田所のペニスは、見事に天を突いたままだ。自らの唾液まみれにさせた美咲が、ずっとしごいていた。

瑠美子が上気させた美貌をあげた。ここでして、と潤んだ目が告げている。

佑人は瑠美子のワンピースの中に手を入れた。パンストといっしょに、パンティを下げていく。

「おち×ぽをっ、田所専務のおち×ぽを、奈緒にくださいっ」

奈緒の声が座敷に響いた。

第六章　契約のゆくえ

1

「よし、入れるぞ、奈緒くん」

「はい……」

田所が奈緒の尻の穴から小指を抜き、ペニスを尻の狭間に向けていく。

瑠美子がぎゅっと佑人のペニスを摑んできた。自分がアナルの処女を捧げるような顔で、奈緒を見つめている。

「う、うう……」

「これはきついな。さっきはよく入ったな」

樹里の美貌が強張っている。

やはり、樹里は処女ではないのだ。それなのに、処女を捧げます、と偽ったのだ。

「もっと唾液がいるな」

と田所が奈緒の尻の狭間に唾液を垂らしはじめる。すると、失礼します、と美咲も美貌を寄せていく。

「ああ……恥ずかしいです、課長……」

田所だけでなく、椎名課長にも尻の穴を間近で見られ、奈緒は全身を羞恥色に染めていく。

瑠美子が、はあっ、と熱いため息を洩らしつつ、佑人のペニスをぐいぐいしごいてくる。

田所といっしょに、美咲も奈緒の尻の穴に向けて唾液を垂らしはじめる。

「あっ、課長……そんな……」

「じっとしていなさい。綺麗なお尻の穴ね」

美咲に言われ、あんっ、と奈緒が掲げたヒップをうねらせる。

「もう一度、やってみよう」

と田所があらためて、ペニスの先端を尻の狭間に入れていく。

「い、痛いっ……」

奈緒が美貌を歪《ゆが》める。瑠美子がさらに強く佑人のペニスを摑む。佑人も瑠美子の腕を摑む。

「まったく無理そうだな」

「そのまま、突いてください、専務」

「そうか。裂けそうだぞ」

田所がぐぐっと突いていく。

「痛いっ……ううっ、痛いっ」

「おうっ、入っていくぞっ、奈緒くんっ」

「ううっ……」

奈緒の美貌に、瞬く間に、あぶら汗が浮いていく。

「ケツの穴から力を抜くんだっ」

「は、はい……痛い、痛いっ」

「だめだっ、押し返してくるっ」

と田所が腰を引く。

「はじめてだから、仕方がありませんわ、専務」

そう言いながら、再び、美咲が奈緒の尻の穴に向けて唾液を垂らしていく。

「さっき、樹里の尻の穴には入ったじゃないか」

「それは……」

とそこまで言って、美咲が唇を閉ざす。

「それは、なんだ、美咲」

「富永さんのプライベートなことなので……私の口からは言えませんわ」

と意味深な言い方をする。

田所が、なるほど、といった顔をして、捧げられたままの樹里のヒップを見やる。

樹里はなにも言わない。美貌を強張らせたままだ。

「ああ、もう一度、おねがいします、田所専務」

と奈緒が差し上げたヒップをうねらせる。全裸で四つん這いの樹里よりも、スーツを着て、尻だけ剝きだしの奈緒の方がよりそそった。

「痛いだろう、奈緒くん」

「大丈夫です……」

「日をあらためてもいいんだぞ」

「いいえ……今夜……田所専務に私の後ろの穴を女にしていただきたいんです」

そうか、と田所がみたび、ペニスの先端を奈緒の尻の狭間に入れていく。

「うっ、痛い……うう、痛いっ」

奈緒が苦悶の声をあげ、田所がやめようとすると、美咲が田所の腰を摑み、強く押しはじめた。

「ああっ、裂けちゃいますっ……ああ、奈緒のおしり、ああっ、裂けちゃいますっ」

「おうっ、入っていくぞっ、ああ、入っていくぞっ、奈緒くんっ」

「入れてくださいっ、奈緒の処女をっ、ああ、破ってくださいっ」

「ああ、入るぞっ、奈緒くんっ。ああ、すごく押し返してくるっ」

やめないでください、と美咲が強く田所の腰を押す。

小指の先ほどの窄まりが、ぐぐっと鎌首の太さに広がり、呑み込んだ。

「入ったぞっ」

「うう……」

奈緒の瞳から、ひと筋、涙がこぼれる。

「先端だけで充分だな。これ以上は無理だ」

「ああ……入っています、専務をお尻の穴で……うう、感じます」

奈緒が自らの指で涙を拭《ぬぐ》いながら、そう言った。

「私も欲しいわ、佑人くん」

そう言うと、大胆にも瑠美子が自分から、正座をしている佑人の股間を跨いできた。ワンピースの裾をたくしあげ、あぶらの乗った太腿を晒《さら》しつつ、腰を下ろしてくる。パンストとパンティは太腿の半ばにからみついている。

あっ、と思った時には、佑人のペニスが燃えるような粘膜に包まれていた。

こちらは、奈緒の尻の穴とは違い、さきっぽどころか、根元まで咥えこんでくる。

「ああっ、瑠美ちゃんっ」

完全に呑み込むと、瑠美子が佑人の腰の上で下半身をうねらせはじめる。

「あっ、ああっ、いい、いいわっ」

皆の視線が、瑠美子と佑人に向く。

「ほう、美咲の部下もやるじゃないか」

田所が感心するような目を佑人に向ける。もっといい声を聞かせたい、と佑人も積極的に突きはじめる。

「ああっ……いいっ……ああっ、おち×ぽ、いいっ」

ひと突きごとに、瑠美子が喜悦の声をあげる。

「社長……なんて色っぽいんだ」

女社長のそそる乱れっぷりに、田所は触発されたのか、さらに奈緒の尻の穴に入れようとする。

「うう、ううっ……もっと、ください……うう……」

奈緒も乱れる瑠美子をじっと見つめている。

佑人は瑠美子の腰を摑んだまま、立ち上がっていく。

「あっ、あんっ、なにするのっ……あんっ」

前に倒れ、瑠美子も四つん這いとなる。繋がったままだ。

たくしあがったままのワンピースの裾から、佑人のペニスが突き刺さっている双臀がのぞく。

佑人は尻たぼを摑むと、ぐいぐいとバックから突きはじめた。

「あっ、ああっ、いい、いいっ」

瑠美子が髪を振り乱して、よがり泣く。

「よし、こっちもだ」

と田所が鎌首を前後させようとする。が、ぴたっと尻の穴の粘膜が貼り付き、思うように動かせない。

けれど、その締め付けに田所がうなる。わずかに動かしただけでも、腰を震わせる。

「あ、ああっ……おち×ぽ、もっとっ、もっと突いてっ、佑人くんっ」

「こうかいっ、瑠美ちゃんっ」

佑人はずどんっずどんっと瑠美子の媚肉を突く。美咲や奈緒、そして樹里の前で、瑠美子とバックでやっていることが信じられない。

が、異常な興奮を感じていた。瑠美子も同じようで、ひと突きごとに、いいっ、と肉悦の声をあげている。こちらの締め付けも強烈で、気を抜くと射精させそうになる。

「うう、うう……」

田所がわずかに鎌首を動かすだけで、奈緒は苦悶のうめきを洩らす。

でももう、田所は、痛いか、とは聞かなくなっている。

「ああ、たまらん締め付けだっ……ああ、出るぞっ、奈緒くんっ」

「くださいっ、専務っ」

わずかな鎌首の前後だけで、田所は射精させた。

おうっ、と吠えて、腰をがくがくと痙攣させる。

「あっ……」

飛沫を尻の穴に受けて、奈緒も掲げたヒップを震わせた。

「ああ、出そうだっ、瑠美ちゃんっ」

「ああ、きてきてっ……佑人くんっ、きてっ」

「ああ、出るよっ」

どっと飛沫が噴き出した。

「あっ、いくっ……いくいくっ」

瑠美子がワンピースに包まれた熟れた身体を震わせた。

奈緒の尻の穴から田所がペニスを抜いた。萎えかかったペニスには、血が混じった精液がべったりとからみついている。

奈緒の尻の穴自体にも、鮮血がついていた。

「ああ、これこそ、処女だったな」

田所が満足気にそう言う。

「お気に召していただけましたか、田所専務」

と美咲が聞く。

「ああ……気に入ったぞ……しかし、樹里、おまえは俺を騙したな」

田所に問われても、双臀を差し上げたまま樹里は黙っている。

「おまえの尻の穴は処女じゃないだろうっ」

そう言って、ぱしっと尻たぼを張った。

「申し訳ございませんっ」

と樹里が四つん這いの向きを変え、田所の前で畳に額をこすりつけた。

「処女だと偽って、契約をとろうとするとは、感心しないな、樹里」

「申し訳ございません……」

樹里は頭を下げるだけだ。

「パートナーを組むには、なにより信頼が一番なんだ。うそをつく会社とは仕事は出来ない。悪いが、出て行ってくれないか」

「専務……」

樹里が涙をにじませた瞳で田所を見上げる。

「奈緒くん、痛かっただろう」

と田所が血がにじむ奈緒の尻の穴を舐めはじめる。

「あ、ああ……専務……」

「多岐川地所と組ませてもらうよ。必ず、コンペで再開発事業を勝ち取ろうじゃないか」

「ああ、専務……ありがとうございます……」

「それでいいですよね、社長」

と田所が畳に突っ伏したまま、悦楽の余韻に浸っている瑠美子に聞く。

瑠美子は上気させた美貌を上下させつつ、ええ、と甘くかすれた声で答えた。

「いい部下を持っているな、美咲」

奈緒の尻から顔をあげ、田所がそう言った。

「はい。青山奈緒も立花佑人も最高の部下です」

美咲が奈緒を見つめ、そして佑人を見つめてきた。

奈緒が後ろの処女を捧げたから、樹里の嘘がばれたのだ。奈緒に入れなかったら、田所でも樹里が処女じゃなかったとは気付かなかっただろう。

「ありがとうございますっ」

と佑人は田所、そして奈緒に向かって頭を下げていた。

2

翌日、契約書を手に帰京し、会社に戻った。

そして夜、美咲に連れられ、奈緒と三人でとある居酒屋の個室に入った。

矢島建設とパートナーを組めたことを祝って、乾杯した。

「みんなのお陰よ」

ごくごくと生ビールを飲んだ後、美咲が佑人と奈緒を見つめつつ、そう言った。

「ありがとうございます」

と奈緒が頭を下げる。

「僕はなにもしていません」

「立花くんは、矢島社長を落として、青山さんを女にしてあげたじゃない」

えっ、と佑人は奈緒を見つめる。奈緒は、はにかむような表情でうなずく。

「青山さんから聞いたの。おととい、立花くんに女にしてもらったばかりだったって。それだから、思い切って、後ろの処女を田所専務に捧げる気になったって」

「そうですか」

確かに、前の穴が処女のままで、後ろの穴を捧げるなんて、無理な話だっただろう。

「ごめんなさいね、青山さん。本当なら、あの時、私が後ろの穴を捧げなくてはいけないのに。でも、私じゃ駄目だったのよ」

「駄目、というと？」

と奈緒が聞く。

「私も富永樹里と同じじってことよ」

そう言って、美咲がごくごくと生ビールを飲む。白い喉が妖しく上下に動く。

「同じって……椎名課長も……おしりの経験がおありになるのですか」

と驚きつつ、奈緒が聞く。佑人も驚いていた。

「そう。だから、ためらったの」

美咲も恥じらうような表情を見せる。

すでにアナルの経験済みとは、さすが椎名課長だと佑人は思った。

「さあ、飲みましょう」

と美咲がお代わりを頼んだ。

二時間後、居酒屋を出ると、

「じゃあ、二次会に行きましょうっ」

と美咲が言った。タクシーを拾い、三人乗り込むと、美咲が都心の高層ホテルの名を告げる。

「部屋は取ってあるのよ。終電を気にする必要はないわ」

とバックシートに座った美咲が言う。

「あ、ありがとう、ございます……」

助手席の佑人は礼を言う。その声が上ずっている。

ちらりと、中年の運転手がミラーで後ろを見て、そして佑人を見やる。

美咲と奈緒と俺の三人でホテルの部屋に向かっている。

ホテルの部屋……飲むだけのためにホテルの部屋はとらないだろう……ということは……美咲と奈緒と……まさか、３Ｐっ！

佑人もミラーでバックシートを見る。美咲は車窓を見つめ、奈緒は俯いている。どちらの美貌も酔いで火照っている。

いや、酔いだけじゃないかもしれない。これからホテルで繰り広げられる３Ｐを想像して頬を赤らめているのかもしれない。

それは、佑人とエッチすることを想像しているということだ……この俺が美咲と奈緒の二人を相手にエッチ出来るのだろうか……。

万歳と叫びたいくらいの喜びと同時に、プレッシャーを感じはじめる。

タクシーがホテルの車寄せについた。チェックインしてくるわね、と美咲がこつこつとヒールを鳴らしつつフロントに向かう。

佑人は奈緒に目を向ける。奈緒は視線を伏せたままでいる。

今日の奈緒の服装は、ベージュのジャケットにベージュのパンツ。そして白のブラウスだった。

やはりミニスカで出社することはなかった。会社ではいつもの奈緒だったが、すでに処女でなくなったばかりか、後ろの穴でも女になっていることが信じられなかった。

美咲が戻ってきた。美咲は黒のジャケットに黒のパンツ。そして白のブラウス姿だ。

三人でエレベーターホールに向かう。すぐに扉が開き、三人で乗り込む。すると、個室の中が、瞬く間に美咲と奈緒の匂いに包まれていく。

それだけで、佑人のペニスはびんびんになる。スラックスの前がテントを張っていく。

三十五階に着いた。ドアが開き、美咲、奈緒が出て行く。

いやでも、佑人の視線はパンツが貼り付く美咲と奈緒のヒップに向かう。

美咲の双臀はパンツの下でぷりっぷりっと誘うようにうねり、奈緒のヒップもセクシーに動いていた。

美咲がカードキーを使って部屋のドアを開いた。中に入る。

「まあ、素敵ですっ」

と奈緒が感激の声をあげる。部屋はセミスィートだった。窓から、レインボーブリッジの明かりが見える。

美咲がトートバッグからシャンパンの箱を取り出す。

「用意しておいたのよ」

「さすが課長ですね。すいません、気が利かなくて」

　こういうものは、男の佑人があらかじめ用意しておかなくてはいけなかったと思った。

　佑人がシャンパンを開け、ホテル備え付けのグラスに注ぎ、あらためて乾杯をする。

「昨晩から、ずっとお尻の穴がむずむずしているの」

　酔った顔で佑人を見つめながら、美咲がそう言う。

「そ、そうなんですか……」

「昨晩は、富永樹里だけじゃなく、青山さんのアナルエッチも見せつけられて、私にも入れてくださいっ、て田所専務におねがいしそうになったもの」

「あ、あの……椎名課長は、その……お尻の経験があるんですよね」

　とあらためて佑人が聞く。

「あるわ」

「あ、あの、それは……今、付き合っていらっしゃる人ですか」

「今は、誰とも付き合っていないわ。大学時代に、教授にアナルの処女を奪われたの」

「大学時代ですかっ」

「そう。お尻の穴を舐められながら、おま×こを指でいじられると、変になりそうなくらい感じてしまうの」

はあっ、と熱いため息を洩らし、美咲が下半身をくねらせる。

これはここでお尻の穴を舐めて欲しい。舐めながら、おま×こをいじって欲しい、という美咲のサインではないのか、と佑人は思う。

二人きりなら、舐めさせてください、と言えるのだが、奈緒がいると、どうも言いづらい。

「私も……なんだか……東京に戻ってきてから、ずっとむずむずするんです」

と酔いのせいか、奈緒が大胆な発言をする。

「あらそうなの。でもお尻の穴は、自分ではどうすることも出来ないわよね」

はい、と奈緒も潤んだ瞳を佑人に向けて、下半身をくねらせる。

「あ、あのっ……椎名課長っ、青山さんっ……僕に……その……舐めさせてもらえませんかっ」

奈緒の大胆発言に背中を押される形で、佑人はそう言っていた。

「舐めたいのかしら」

と美咲が見つめてくる。

「舐めたいですっ。椎名課長のお尻の穴と青山さんのお尻の穴を舐めたいですっ」

「いいわ。立花くんの好きにして」

と言いながら美咲がジャケットを脱ぎ、ブラウスとパンツ姿になった。

ジャケットを脱ぐと、途端に、美咲の抜群のスタイルが強調される。

ブラウスの胸元は高く張りだし、ウエストはぐっとくびれ、そしてパンツが貼り付く双臀はむちっとした盛り上がりを見せている。

さあ、どうするの、という目で佑人を見つめてくる。

「あの……パンツを……脱がせてもらっていいでしょうか」

「いいわよ」

ありがとうございます、と佑人はパンツのベルトに手を掛け、外すと、フロントのジッパーを下げていく。

うふふ、と美咲が笑う。

どうかしましたか、という目で美咲を見ると、

「エレベーターから、ずっと大きくさせているんだもの」

と美咲が言って、露骨にテントを張ったままのスラックスの股間を、ぴんと指で弾いてきた。

あっ、と佑人は腰を震わせる。びりっとした痺れを感じたのだ。

美咲はさらにぴんぴんと弾いてくる。佑人はそれに耐えつつ、美咲のパンツを脱がしていく。

すると、黒のパンティが貼り付く恥部があらわれ、そして、あぶらの乗った白い太腿もあらわれる。

佑人は思わず、美咲の太腿に頬ずりをしていた。しっとりとした感触に、ペニスがさらにひくつく。頬ずりしつつ、黒のパンティを脱がせていく。すると、牝の匂いがむっと薫ってきた。

佑人はその匂いに誘われるように、美咲の恥部に顔を埋めていく。

「あっ、なにしているのっ、そこじゃないでしょうっ。お尻でしょうっ」

その前にこちらも、と佑人は割れ目を開き、椎名課長の媚肉をぺろぺろと舐めはじめる。

「あっ、だめっ……あ、あんっ」

美咲の媚肉はすでに濡れていた。肉襞に舌を這わせるたびに、ぴくっと下半身を動かした。

「あんっ、前じゃなくて、こっちをおねがいっ」

と美咲の方から、身体を回転させて、むちっと盛り上がった双臀を突きつけてきた。

佑人は高い尻たぼを摑み、ぐっと広げていく。すると深い狭間の奥に、美咲の尻の穴が息づいていた。

それはまさに菊の蕾だった。ただ見ただけでは、これが処女の穴なのか、経験済みの穴なのか、まったくわからなかった。

ただ、美咲の尻の穴が佑人の舌を待っているのはわかった。じっと見ていると、きゆきゅっ、きゅきゅきゅっと収縮するのだ。

「あんっ、なに見ているの……ああ、はやく、舐めて」

美咲は相当、尻の穴を疼かせているようだ。

佑人は尻たぼに顔を埋めると、舌を出し、ぺろりと菊の蕾を舐めた。

すると、はあっんっ、と美咲が甘い声をあげ、ぶるっと双臀を震わせた。

ひと舐めでこれなのだ。佑人は美咲の敏感過ぎる反応に煽られ、ぺろりぺろりと舐め上げていく。

「あっ、あんっ……ああ……」

ひと舐めごとに、美咲がぴくっと双臀を動かす。

「ああ、お尻の穴……ああ、舐められるの……久しぶりだわ」

佑人は右手の指で菊の蕾を広げると、とがらせた舌を忍ばせていく。

「あっ、それっ……ああ、それっ」

美咲の尻の穴が、佑人の舌先をきゅきゅっと締めてくる。

佑人はさらに奥まで舌を入れていく。と同時に左手を前に伸ばし、割れ目の中に指を入れた。

『お尻の穴を舐められながら、おま×こを指でいじられると、変になりそうなくらい感じてしまうの』

という美咲の言葉を思い出したからだ。

美咲の媚肉は、驚くくらいぐしょぐしょになっていた。

佑人は舌を前後させつつ、美咲の媚肉を人差し指で掻き回していく。

「あっ、ああっ、だめだめっ……ああ、おま×こ、いじらないでっ……」

これはもっといじって欲しい、と言っているのだと思い、佑人はもう一本、指を増やしていった。

人差し指と中指で、燃えるような蜜壺を掻き回しつつ、尻の穴を舐め続ける。

「だめだめっ……あ、ああっ……いい、いいっ……お尻も……ああ、おま×こもいいのっ」

美咲がにわかに愉悦の声をあげはじめ、がくがくと下半身を震わせる。

「課長……」

ちらりと奈緒を見上げると、奈緒はぎゅぅっと両手の手のひらを握り締め、潤ませた瞳で美咲を見つめている。時折、ぶるっとヒップを震わせている。

前と後ろの穴の同時責めでよがっている美咲を見て、前と後ろの処女を失ったばかりの奈緒の身体も疼くのだろうか。

「ああっ、いい、いいっ……もっとっ、もっとっ」

美咲の双臀の震えが大きくなる。尻の穴は強烈に締まり、思うように舌を動かせなくなる。

「あんっ、どうしたの、立花くんっ」

すいません、と佑人は謝る。もちろん、ううっ、という声にしかならない。

佑人は二本の指を激しく前後させる。

「ああっ、ああっ、おま×こだけじゃ、だめなのっ……ああ、お尻もっ……ああ、お尻も、立花くんっ」

佑人はおま×こから指を抜いた。そして、尻の穴から舌を抜くなり、人差し指を唾液まみれの後ろの穴に忍ばせていった。

「ああっ……」

指だと舌より動かせる。強烈な締め付けを受けつつも、前後に動かす。

「ああ、ああっ、クリをっ、クリをおねがいっ」

佑人は課長に言われるまま、左手の指先でクリトリスを摘む。

「あっ、うんっ……」

美咲の身体がぐぐっと突っ張る。

「もう我慢出来ない……ああ、入れて……ああ、立花くんのおち×ぽをお尻に入れて」

「い、いいんですか、課長」

「いいわっ。欲しいのっ」

わかりました、と佑人は立ち上がり、スラックスをトランクスと共に脱ぐ。あらわれたペニスは天を向いている。

でも、美咲と奈緒が、うふふ、と笑った。どうしたんですか、と二人を見ると、奈緒が佑人の身体を鏡の方に向かせた。鏡に、きちんとジャケットを着てネクタイを締めつつ、下半身だけあらわな佑人が映った。

中途半端でなんとも情けない姿に、佑人はあわててネクタイを取り、ジャケットを脱ぎ、ワイシャツを脱いだ。

振り返ると、美咲と奈緒の姿はなかった。隣の寝室に移ったようだ。

3

ペニスを揺らしつつ、寝室に入ると、美咲の双臀が目に飛び込んできた。美咲はベッドにあがり、四つん這いの姿勢をとっていた。

エロい姿に、佑人はごくりと生唾を飲む。

思えば、美咲も上半身は白のブラウスで、下半身だけ剝き出しだった。

さっき笑われた佑人と似たような姿だった。けれど美咲の姿は笑われるどころか、かなりそそった。男と女、どうしてこうも違うのか。

奈緒はベッドの横に立っている。奈緒もベージュのジャケットを脱いでいた。ブラウスとパンツ姿がまた美しい。

「ああ、待たせないで、立花くん」

「はい、課長っ」

と佑人はあわててベッドに上がる。大きなベッドだ。余裕で三人寝られる。

今夜は、エッチした後、ここで三人並んで寝るのだろうか。そんなことを想像すると、ペニスがひくついた。

佑人はペニスで狙いを定める前に、もう一度尻たぼを開き、あらわにさせた菊の蕾を舐めていった。入り口をたっぷりと濡らすためだ。

「あんっ……」

美咲が掲げた双臀をくねらせる。

「きて……おねがい、立花くん」

わかりました、と佑人は顔をあげ、反り返ったままのペニスの先端を、尻の狭間に入れていく。

すると、はあっ、と熱いため息が聞こえた。美咲ではなく、奈緒のため息だ。

ちらりと見ると、奈緒はじっと美咲の白い双臀を見つめ、下半身をもぞもぞさせている。

「なにしているの、立花くん」

「すいません」

先端を菊の蕾に当てた。美咲の尻の穴は小指の先ほどで、佑人の鎌首は太い。

こんなものが入るのだろうか、と心配しつつ、腰に力を入れていく。

すると、小指の先ほどの穴がぐぐっと開きはじめた。

「すごいです、課長」

「う、うう……」

美咲が苦悶のうめきを洩らす。

大丈夫ですか、と腰の動きを止める。すると、

「やめては駄目っ、突きなさいっ」

と美咲が言う。はいっ、と佑人は菊の蕾に埋め込んでいく。

さらに菊の蕾が開き、佑人の鎌首を咥えてきた。そのまま、ぐぐっと入れていく。

「い、痛いっ……」

「課長っ」

「いいの……この痛さがいいの……」

「そうですか……」

もしかして、美咲にはMの気でもあるのだろうか。まさか、課長が……。

すでに経験済みの美咲の尻の穴でさえ、入れるのはかなり大変だった。美咲も痛そうだ。はじめてお尻の穴をいじられ、そのまま捧げてしまった奈緒はかなり痛かっただろう。

けれど、佑人に埋め込まれている美咲を見る奈緒の目は、妖しく潤んでいた。

両手を胸元で組んで、はあっ、と何度も火のため息を洩らしている。奈緒も欲しいのだろうか。尻の穴に、佑人のち×ぽを。

鎌首が全部入った。じわじわと胴体も入れていく。

「あう、ああ……」

美咲の尻の穴の締め付けは、尋常ではなかった。

暴発させていないのが奇跡と言えた。すぐに出したら、どんな雷が落ちるかわからず、それが怖くて、射精出来ないのだと思った。

「動いて、立花くん」

「ああ、すごくきついです」

「動くのよ」

はい、と美咲の尻たぼに指を食い込ませ、佑人はペニスを前後に動かす。もちろん、動きはとてもゆっくりだ。

それでも、美咲は、

「あっ、ああ……はあっ……」

と熱い喘ぎを洩らしはじめた。昨日の夜からの疼きが、癒《い》やされているのだろう。

「ああ課長っ、もう出そうです！」

「もう少し、我慢しなさいっ」

「はいっ……」

佑人は歯を食いしばり、懸命に耐える。が、美咲の尻の穴から出ている自分のペニスを目にするだけで、興奮が倍加してしまう。

ああ、俺は今、椎名課長と尻の穴でやっているんだっ。

この姿を多岐川地所の男性社員達に見せつけたかった。一気に、佑人の株は上がり、すぐさま係長に昇進するのではないか。

「あっ、出ますっ、もうだめですっ」

「ああ、きてきてっ……ああ、たくさん、ちょうだいっ」

出るっ、と大声をあげ、佑人は射精させた。どくどくっ、と美咲の尻の穴の奥に向かって飛沫が噴き出る。

「あ、ああ……ああ……」

美咲の双臀がぴくぴくと動いた。

たっぷりと出した佑人は美咲の尻から腰を引いた。

奈緒を見ると、熱い目でじっと佑人を見つめている。その瞳は、私も、と告げていた。

佑人は奈緒を手招いた。すると奈緒はブラウスとパンツ姿のまま、ベッドに上がってきた。

「こちらにお尻を向けて」

はい、と膝立ちの奈緒が素直にパンツに包まれたヒップを向けてくる。

佑人は前に手をまわし、パンツのベルトを緩めると、ジッパーを下げ、一気にパンツを引き下げた。

「あっ……」

いきなり、ぷりっと張った尻たぼがあらわれ、佑人は驚いた。奈緒はTバックのパンティを穿いていたのだ。

「Tバックなんだね」

「ああ……恥ずかしいです……仕事中……お尻の穴が……ああ、むずむずして……それで……あの……お昼に……下着を買いに行って……」

「会社で穿き替えたのかい」

「はい……Tバックがお尻の穴に当たって……ああ、ちょっとだけ……むずむずがなくなって……」

「でも、感じてきたんでしょう」

起き上がった美咲が、そう言いながら、そろりと奈緒の尻たぼを撫でた。

すると、あんっ、と奈緒がとても敏感な反応を見せた。

この数日で、前の穴も後ろの穴も女にされて、一気に開花してしまったようだ。

佑人は深い尻の狭間に食い込むTバックを摑むと、ぐぐっと引き上げた。

「あっ、だめっ……いやですっ……あ、ああっ、あんっ……」

Tバックがお尻の穴を強くこすりあげ、奈緒がぶるぶるっと逆ハート型のヒップを震わせる。

「あっという間に、エッチになったのね、青山さん」

尻たぼを撫でまわしつつ、美咲がそう言う。

佑人はTバックを引き下げると、尻たぼをぐっと開いた。菊の蕾が息づいている。

可憐としか言いようのない蕾だ。この蕾が、すでに田所専務のペニスで汚されてしまっていることが信じられない。

「綺麗だ」

「ああ……恥ずかしいです……そんなにじっと見ないでください」

佑人の視線を感じるのか、奈緒の尻の穴が、きゅきゅっとした収縮を見せている。

それに誘われるように、佑人は顔を埋め、ちゅっとキスしていく。

「あっ……だめっ」

奈緒が逃げるようにヒップをうねらせる。じっとしていなさい、と言うように、佑人はぱしっと尻たぼを張った。すると、あんっ、と奈緒が甘い声をあげた。

佑人は舌を出し、ぺろぺろと舐めはじめる。

「あ、ああ……変な感じです……ああ、ああ、だめです……お尻なんか……ああ、舐めては……ああ、だめです」

奈緒が何度も逃げようとヒップをうねらせる。そのたびに、佑人はぱしっと尻たぼを張った。

ぺろぺろ舐めつつ、右手を前へと伸ばした。ぴっちりと閉じている割れ目に、人差し指を忍ばせていく。

「あっ……あんっ……」

奈緒の媚肉も美咲同様熱かった。燃えるような粘膜が佑人の指にからみついてくる。

「あっ、いけませんっ、課長っ」

奈緒の声に顔を上げると、美咲がブラウスの上から奈緒の胸元のふくらみを摑んでいた。美咲自身はすでに自分でブラウスを脱ぎ、ブラも取り、生まれたままになっている。

下から見る美咲の乳房がまた魅力的だ。乳首はすでにつんとしこっている。

美咲の手が奈緒のブラウスのボタンにかかる。

「いけません、課長……」

「なにしているの、立花くんっ。口が遊んでいるわよっ」

美咲の乳房に見惚れていた佑人は、すいませんっ、とあわてて、奈緒のヒップに戻る。目の前に奈緒の尻の穴があるのに、乳房に視線を引き寄せてしまう美咲の色香はすごい。

佑人があらためて尻の穴を舐めると、

「ああっ、いいっ」

と奈緒が甲高い声をあげた。

前の穴にあらためて指を入れると、あんっあんっ、と敏感な反応を見せる。

「あっ、課長っ……そんなっ……」

奈緒の上擦った声がする。なにをしているんだ、と佑人は尻の狭間に顔を埋めたまま、見上げる。

するとあらわにされた奈緒の乳房に、美咲が顔を埋めているのが見えた。奈緒は上体を横向きにさせていて、佑人からも目にすることが出来た。

うそだろう、椎名課長が、奈緒の乳首を舐めているなんて……。

「立花くん、青山さんにも入れてあげなさい」

と美咲が言った。たった今、美咲の尻の穴に出したばかりなのに、と思って自分の股間に目を向けると、すでに勃起させていた。

「ああっ、課長っ……いけませんっ」

美咲が奈緒の乳房を右手で揉んでいる。それだけではなく、左手を股間に向けて、クリトリスをいじりはじめた。

「あんっ、あっんっ……」

はだけたブラウス一枚の奈緒が、がくがくと瑞々しい身体を震わせている。白い肌はほんのりとピンク色に上気している。

「四つん這いになってください」

佑人がそう言うと、美咲が先に四つん這いの形をとっていった。むちっと熟れた双臀を、佑人に向けて差し上げていく。

それを見て、ブラウスを脱いで全裸になった奈緒も、美咲の隣で四つん這いの姿勢をとっていく。

ぷりっと張った若さが詰まったヒップが、美咲の隣に掲げられていく。

4

椎名課長の双臀と青山奈緒のヒップ。どちらも美味《おい》しそうで、佑人のペニスがひくひく動いた。

佑人は奈緒に入れなければ、と思ったが、色香の塊のような美咲の双臀に、また手が伸びてしまう。

美咲の尻たぼを摑み、広げると、尻の穴にペニスを突きつけていく。

「なにしているの、青山さんに入れるのよ、立花くん」

「すいません。課長のお尻が……あ、あまりに色っぽかったもので……」

佑人は美咲の尻からペニスを抜き、奈緒の尻たぼを摑む。ぐぐっと割ると、唾液まみれの菊の蕾が待っている。

「入れていいんだね、青山さん」

「はい……ください……」

奈緒は健気《けなげ》にヒップを捧げたままでいる。なんて可愛い女性なんだろうか。

佑人は鎌首を菊の蕾に押し当てた。ぐぐっと押していく。

「痛いっ」

奈緒がヒップをうねらせる。鎌首が菊の蕾からずれた。

「動いちゃ、だめだよ」

「ごめんなさい……」

佑人はあらためて、奈緒の後ろの穴に鎌首を当てていく。ぐっと突くと、今度はめりこんだ。小さな窄まりが裂けていく。

「う、うう……」

奈緒が苦悶のうめきを洩らす。ヒップも逃げようとする。

動くなっ、とぱしっと奈緒の尻たぼを張った。

「あんっ、ごめんなさいっ……」

さらに尻の穴が裂け、野太い佑人の鎌首を呑み込んだ。

「う、うう……痛い……」

「ああ、入ったよ。ああ、すごい締め付けだな」

先端を入れるだけでも充分だった。強烈な締め付けにうなる。

「ああ、また欲しくなったわ、立花くん。おち×ぽ、ちょうだい」

鼻にかかった声でそう言うと、美咲が色香の塊のような双臀を誘うようにうねらせる。

「課長……」

佑人は奈緒の尻の穴に入れつつ、美咲の双臀に釘付けとなる。

「ああ、はやく、立花くん」

「しかし、今、青山さんに……やっと入れたばかりで……」

「あら、そうなの。ここに入れたくないのかしら」

と美咲が自らの手で尻たぼを開いて見せる。すると、菊の蕾が見える。きゅきゅっと収縮すると、じわっと精液がにじんでくる。

「課長……」

美咲の尻の穴に精液をぶちまけたんだ、とあらためて実感する。

「こっちでもいいのよ」

と美咲が白い指先を下に向けて、前の割れ目をくつろげていった。

目にも鮮やかなピンクの粘膜が、佑人を悩殺する。

美咲のおま×こはぐしょぐしょに濡れていた。あらわになった肉襞の連なりが、入れて、と訴えるように蠢《うごめ》いている。

尻の穴におま×こ。そうだ。美咲には、入れる穴が二つあるんだ。奈緒にも当然、二つある。今、尻の穴に入れている。

ということは、今、佑人の前に、極上の穴が四つもあるのだ。なんという幸せ。この世で、これ以上の幸福があるとは思えない。

佑人は美咲のおま×こに誘われるように、奈緒のお尻の穴から鎌首を抜いていった。

「ああ、ちょうだい」

「あんっ、どうしてですか」

奈緒の尻の穴から抜いた鎌首には、わずかだが鮮血がにじんでいる。

佑人はその矛先を、美咲に向けた。

「きて……立花くん」

はい、と言って、尻の穴を突く。が入れずに、下の穴（おま×こ）をずぼりと突き刺した。

「いいっ……」

いきなり美咲が歓喜の声をあげた。やけどしそうなくらい熱い媚肉が、佑人のペニスを包んでくる。

佑人は一気に奥まで貫き、力強く抜き差しをはじめる。

「あっ、ああっ、すごいっ、いい、いいっ」

ひと突きごとに、美咲が長い髪を振り乱して、よがり声をあげる。

「ああ、課長……ああ、欲しい……ああ、奈緒も……欲しい……課長のように……泣きたいです」

奈緒が掲げたヒップをうねらせながら、佑人を誘う。

「どっちの穴に欲しいんだい、青山さん」

「えっ……それは、その……」

「もっとっ、もっと突いてっ、立花くんっ。ああ、ああっ、いいっ」

奈緒の声を掻き消すように、美咲がよがり泣いている。

佑人は思い切って美咲のおま×こからペニスを抜いた。

「あんっ、どうしたの」

と美咲が首をねじって、なじるような目で佑人を見つめてくる。佑人はにやりと笑い返し、美咲の愛液でぬらぬらの先端を、今度は上の穴（菊の蕾）に入れていった。

「ああっ……」

ぶちまけた精液と愛液の繡りが潤滑油の働きをしたのか、難なく、ずぶっと鎌首が尻の穴にめりこんでいった。

佑人は窮屈な締め付けに耐えつつ、奥まで入れていく。

「あっ、ああっ……すごいっ……ああっ、すごいっ、立花くんっ」

美咲が掲げた双臀をぶるぶる震わせる。

「立花さん……ああ、奈緒も……ああ、奈緒にも……おち×ぽください」

「どっちの穴に欲しいんだい」

美咲の尻の穴をえぐりつつ、佑人が聞く。

「あんっ、そんな……どっちもです」

「じゃあ、広げて、待っていて」

「ああ、そんな……」

奈緒がなじるような目を向けてくる。

なんてことだ。あの青山奈緒が、前と後ろ、二つの穴で俺のち×ぽを欲しがっている。

佑人は美咲の尻の穴からペニスを抜いていった。そしてすぐさま、下の穴（おま×こ）に突っ込んでいく。

「いいっ！」

と一撃で、美咲が絶叫する。

「ああ、欲しいっ」

美咲に煽られる形で、ついに奈緒が尻たぼに手を向けた。ぐっと開き、尻の穴とおんなの縦筋をあらわにさせる。その隣では、ち×ぽいいっ、と美咲が叫び続けている。

「どっちの穴に欲しいんだい、青山さん」

「あ、ああ……どっちもです……」

「欲張りだなあ」

「だって……」

最高だった。美咲をよがらせている横で、奈緒が佑人のち×ぽを欲しがって、二つの入り口を晒しているのだ。

「ああ、いきそうっ……ああ、いっちゃいそうっ」

佑人は美咲のおま×こを突きつつ、尻の穴に指を入れていった。

「あっ、それっ……ああっ、いいっ……いくいくっ」

上の穴では指を、下の穴ではち×ぽを強烈に締め上げながら、美咲が激しく四つん這いの裸体を痙攣させた。

ううっ、とうなりつつ、佑人はぎりぎり射精に耐えた。ここで美咲のおま×こに出すわけにはいかない。すぐに、奈緒の上下の穴に入れなければならないのだ。

佑人は尻の穴に指を入れたまま、蜜壺からペニスを引き抜いた。それは、先端から付け根まで課長の愛液でぬらぬらだった。

ペニスを抜かれた美咲が、シーツに突っ伏した。尻の穴から指も抜ける。

「どっちに欲しい」

と佑人は課長の愛液まみれの鎌首で、奈緒の尻の穴を突き、すぐに割れ目を突いた。

「あんっ……決められません……立花さんが……入れたい方に……あんっ、奈緒、どっちも欲しいっ」

そうかい、と佑人は下の割れ目に鎌首を埋めていく。

女になってまだ日が浅い奈緒のおま×こだったが、美咲同様燃えていた。ざわざわと佑人のペニスに肉襞がからみついてくる。

「ああっ、いいっ」

佑人は奥深く突き刺していく。

「あ、ああっ……おち×ぽ、おち×ぽ、いいのっ」

抜き差しをはじめると、美咲同様、奈緒も肉悦の声をあげる。

それはいいのだが、はやくも佑人は限界にきていた。もともと、射精ぎりぎりで、美咲のおま×こからペニスを抜いていた。

「ああ、出そうだっ」

「あんっ、だめですっ、もっとっ……ああ、もっと奈緒も泣きたいですっ」

そんな声が、さらに射精への欲求をはやめてしまう。

佑人は歯を食いしばって耐えつつ、奈緒のおま×こを突きまくる。

「いい、いいっ……」

「もうだめだっ。ああ、出そうだっ」

「だめだめっ……まだだめっ」

だめっ、と言いつつ、奈緒のおま×こは万力《まんりき》のように締めてきた。だめなら緩めた方がいいのに、だめだから余計締めてしまうのだろう。

佑人はとどめを刺すようにぶちこみ、おうっと吠えた。どくどくっ、どくどくっ、と大量の飛沫が奈緒の子宮に向かって放たれていく。

「あっ……ああ……」

ペニスを呑んでいる奈緒のヒップがぴくぴくっと動く。

たっぷりと出すと、佑人のペニスが奈緒の中から抜けた。奈緒は美咲とは違い、シーツに突っ伏すことなく、四つん這いのままでいる。

「あら、いつの間に、青山さんに出したの」

上体を起こした美咲が、精液まみれの萎えつつあるペニスを見て、気怠《けだる》げにそう言う。

「すいません」

「また大きくなるわよね」

膝立ちの佑人の股間に、美咲が火照ったままの美貌を寄せてくる。

右からぺろりと精液まみれの先端を舐めてくる。

「あっ、課長……」

くすぐったい感覚に、佑人は腰を震わせる。

「青山さん、あなたも舐めなさい」

ヒップを掲げたままの奈緒の尻たぼを、美咲がぴしゃりと張る。

奈緒は、あんっ、と甘い声をあげて、四つん這いの形を解くと、佑人の股間に美貌を向けてきた。左側からちゅっと先端にくちづけてくる。

「ああ、青山さん……」

奈緒も舌をのぞかせ、ぺろぺろと舐めてくる。すると、美咲の舌先と奈緒の舌先が、佑人の鎌首で触れた。

あっ、と奈緒が舌を引こうとしたが、美咲がねっとりとからめていく。

それを目にした途端、佑人のペニスは一気に鋼《はがね》となった。

それをちらりと見ながら、なおも、美咲は奈緒と舌をからめている。どちらの舌もおいしそうだ。

「青山さん、咥えてあげて」

と部下に指示しつつ、美咲は佑人の垂れ袋に唇を向けてきた。大きく開くと袋を咥え、ぱふぱふとソフトな刺激を与えてくる。

「あっ、課長……そ、それ……」

ひくつくペニスを、言われるまま奈緒が咥えてくる。

多岐川地所きっての美人管理職と美人社員にダブルで口唇奉仕を受けて、佑人は感激で涙をにじませる。

「青山さん、立花くんのお尻を舐めてあげて」

はい、と美咲の指示にうなずき、奈緒が背後にまわってくる。

鈴口からは、あらたな先走りの汁がにじみ出している。それを美咲がぺろぺろと舐め取っていく。

背後にまわった奈緒が、佑人の尻たぼをぐっと開いてきた。そして、ちゅっと肛門にくちづけてくる。

「あっ、奈緒さんっ、そんなっ」

思わず、課長の前で下の名前で呼び、佑人は腰を震わせる。

美咲がペニスを咥えてくると同時に、奈緒が尻の穴に舌を忍ばせてきた。

「ああっ、そんなっ……ああっ、いいっ」

美貌の課長と美貌の社員のダブルで前と後ろを責められ、佑人の身体はかぁっと燃え上がる。入れたくなる。再び、四つの穴、すべてに入れたくなる。

「お尻を出してください、課長、青山さん」

いいわ、と美咲が素直に四つん這いになっていく。肛門を舐めていた奈緒も、美咲の隣で這っていく。再び、課長と奈緒の双臀が佑人に向かって突き出される。

「穴を見せてください」

いいわ、と美咲が自らの手で尻たぼを開きはじめる。それを見て、奈緒も尻たぼを開いていく。

美咲の尻の穴と前の割れ目。奈緒の尻の穴と前の縦筋。

四つの穴が入れてください、と佑人の前に差し出されている。どの穴に入れてもいいのだ。いや、全部の穴に入れなければならない。四つの穴すべてを喜ばせてこそ、立花くん素晴らしいわ、と誉めてもらえるのだ。

どの穴から入れるか迷ったが、まずは課長のおま×こに入れることにした。

ずぼり、と突き刺すと、いいっ、と美咲が歓喜の声をあげ、奈緒の尻の穴が欲しそうにきゅきゅきゅっと収縮した。

5

夜明け前、佑人は尿意を覚え、目を覚ました。右腕で美咲を腕枕し、左腕で奈緒を腕枕していた。よく、この状態で眠れたものだ。何発出しただろうか。よく覚えていない。疲れ切って、眠ってしまったのだ。

美咲も奈緒もよく眠っている。美咲の寝顔はなんか愛らしい。奈緒の寝顔は可憐だった。

二人とも裸のままだ。佑人も裸である。そっと美咲の後頭部、奈緒の後頭部から両腕を抜いた。

美咲の乳房も奈緒の乳房も、形良く張っている。見ていると、思わず触りたくなるが、起こしてしまうかもしれない、と佑人はそっとベッドを下りた。

用を済ませると、携帯をチェックした。

瑠美子からメールが来ていた。

『明日、御社との打ち合わせのために上京します。夜、開けておいてくださいね。明日の夜、私のもう一つの処女をあげます』

と書いてあった。

「もう一つの処女……」

佑人のペニスがぐぐっと反り返っていった。

「あら、どんなメールを読むと、いきなりそんなに大きくなるのかしら」

美咲の声がして、ペニスをぐっと摑まれた。

「あっ……課長……」

美咲にしごかれ、佑人のペニスは瞬く間に大きくなった。

（了）

※本作品はフィクションです。作品内に登場する
団体、人物、地域等は実在のものとは関係ありません。

※本書は2013年5月に小社より刊行された
『なまめき女上司』を一部修正した新装版です。

長編官能小説

なまめき女《おんな》上《じょう》司《し》〈新装版〉

2022年2月21日初版第一刷発行
著者……………………………………………八神淳一
デザイン………………………………………小林厚二
発行人…………………………………………後藤明信
発行所………………………………株式会社竹書房
〒102-0075 東京都千代田区三番町8-1
三番町東急ビル6F
email：info@takeshobo.co.jp
竹書房ホームページ http://www.takeshobo.co.jp
印刷所……………………………中央精版印刷株式会社

■定価はカバーに表示してあります。
■落丁・乱丁があった場合は、furyo@takeshobo.co.jp までメールにて
お問い合わせください。